인간 사슬

시작시인선 0445 인간 사슬

1판 1쇄 펴낸날 2022년 10월 24일
지은이 최규리
펴낸이 이재무
기획위원 김춘식, 유성호, 이형권, 임지연, 홍용희
책임편집 박찬세
편집디자인 민성돈
펴낸곳 (주)천년의시작
등록번호 제301-2012-033호
등록일자 2006년 1월 10일
주소 (03132) 서울시 종로구 삼일대로32길 36 운현신화타워 502호
전화 02-723-8668
팩스 02-723-8630
블로그 blog.naver.com/poemsijak
이메일 poemsijak@hanmail.net

ⓒ최규리, 2022, printed in Seoul, Korea

ISBN 978-89-6021-673-0 04810
         978-89-6021-069-1 04810(세트)

값 10,000원

인간 사슬

최규리

천년의시작

시인의 말

물과 손은 같다

하나의 물방울로 세상과 만나
짓밟히는 이름들이 없기를

손이 결합하여 자유를 향해

흰 비둘기를 기다리며

2022년 10월
최규리

차 례

시인의 말

제1부 희박한 세계에서 손잡고 싶은 우리는

페스티벌

들끓는 인파.

새롭게 개장한 광화문 광장에서 아기가 놀고 있다 서투
른 걸음, 엄마의 손을 뿌리치고 넘어진다. 기어가던 아기가
땅에서 손을 떼는 순간
직립한다.

함성과 박수가 쏟아졌지

인간의 탄생은 손에 있다. 손은 행복했고 따뜻했어. 손
과 손의 결합으로. 손에 이끌려 학원을 가고. 손으로 회사
출입문을 해제하고. 손으로 뺨을 얻어맞으며

손을 잃고 주먹을 얻어. 땅따먹기 놀이에 빠진 세계.

손과 손의 결합으로. 손을 흔드는 아이들에게 떨어지는
총알 사탕. 여자 친구는 두 손을 흔들며 소리를 지른다. 끌
려간다.
납작해지고 붉은 꽃물이 흘렀다.

>

아이들이 모여 있는 공원에서. 검은 폭죽이 무성하여. 흰 깃발들이 숲을 이루는 환호. 어떤 함성보다 크고 고요하여 심장이 멈추는.

무수한 나뭇잎이 돌이킬 수 없는 손이 되어.

붉은 꽃잎 사이에서. 죽은 척했던 산 자가 일어난다. 겹쳐진 사람들 사이에서. 아니, 겹쳐진 두개골을 들추고. 저세상 문 앞에서 빠져나온 어떤 사람으로부터. 한 걸음, 한 걸음, 발트의 길*을 나서며

다시, 당신의 손을 내밀어 주세요.

나와 당신과
저기 저 사람들과
여기 우기와
함께 손을 모아

이 땅에서 손을 떼도록

>

　헬리콥터에 매달린 사람들과 폭격하는 독수리와 물에 빠진 비둘기와 총을 맨 아이들이 찬란한 핏빛 속에서. 넘쳐 흐르지 않게.

　익수자는 허우적대며 손을 뿌리치고. 구조자는 동의를 얻느라 손을 망설인다. 어긋나는 물과 불이 되어도. 불꽃이 타오르는 향연에서, 서로 이별하지 않게.

　손을 잡고 합창을 할까요.

　미래의 아이들에게 주고 싶은 것은 씨앗들이죠.

　나무가 된 사람들과
　행성이 된 사람들이 있는 곳으로 몸을 뻗어

　지구를 둘러싼 들끓는 손, 휘몰아치는 칼춤의 정점에서. 눈부시게 환한 나비가 되어 사뿐히 날아오르기를. 연인의 손을 잡듯이. 작은 떨림이, 우기를, 무기를, 멈추기를. 아이의 웃음소리가 무덤에서 먼바다로 흘러가기를.

>

다만, 노래하는 새와 포옹할래요.
발트*의 신발을 구름에 묶어 두면 좋지 않을까요
어디든 자유롭게

지구는 누구의 것도 아니므로
누구의 것으로 만들려는 이들로부터

* 발트의 길은 1989년 발트 3국이 소련으로부터 자유와 평화를 주장
하며 만든 인간 띠.

액체 인간의 텍스트

바늘이 날아와 구성원의 목에 꽂힌다
이미 짜인 매뉴얼은
누구 하나 죽어야 쉽게 작동된다
의심하지 말자
무조건 빠르게 휩쓸려 가는 것이
공포를 이겨 내는 방법

몸을 뒤집고 굴러가며 물방울이 된다
다른 물방울과 결합하고
한 몸이 되고
돌이 되어
돈이 튀어 오르는 지상의 진동으로
어떤 밤이든 도망자가 된다

다가오는 감시자 앞에서

나는요 물렁해진 공이었다가 물이 되어서 아무 곳이나 둘
러싸여 있어요
어디든 스며들기 쉬운 포지션을 가져야 해요

>
익명의 사람들은 입을 열지 않는다
검은 호수에 떨어진 달을 따라
검은 해골을 밟는 존 레논의 〈이매진〉

게임을 시작한다

죽었다고 생각하면 슬픔이 되지만
죽였다고 생각하면 승리가 된다

작은 빗방울이 결합하여
공포에 맞서는
하나의 논리,

사과나무 한 그루로 살아가는 이유가
계획된 꿈이라고 할 때

하얀 쪽지에 적힌 글자는 영영 펼쳐지지 않아야 한다는 것

살아 줘서 고맙다는 무서운 말일지도

>
벌레를 침대에 그려 넣는다
비가 오는 밤에 한 덩어리 슬픈 유리창에 매달려
결국
흘러내리는 눈물 기계들과

빠르게 뭉치고 빠르게 흩어지는 물이 되는 것이
공기의 미래라면

나는요 공기 중에 떠도는 수증기처럼
건조한 세상을 축축하게 하는 착한 미래가 될래요

창문이 없는 곳에 구멍을 내고
투명하게 유리는 온순해지고요
밖을 바라보며 벽은 푹신해지고요
물질과 멀어진 곳에서야
바람이 친절해지는

둥글게 뭉쳤다가 빠르게 증발하는 결말로
해피 엔딩이 보고 싶은 날에

>
극적으로 보이려고 지어낸 말들

마음대로 늘어나는 근로기준법과
뒷목 잡는 노동자의 한숨과
가족이 전부 가짜인 결혼식 안에서

언제나, 가까이
친절한 비극의 구름 떼,

연봉의 단위와 아파트의 층간 소음이 그렇고
집에 돌아와 흔적 없이 녹아내린 몸이 그렇다

모르겠다
어디로 이동되려고 몸이 녹는 걸까

멈춰 있는 것은 절대 견딜 수 없어서
바닥을 치고야 마는 근성

백마 탄 왕자는 달리지 않는다
우아한 손끝으로 말을 쓰다듬으며

말을 바꾸고
반지하를 거닐며
술잔을 기울인다

저기요 잠깐만요
풀잎 위에 붉은 융단을 깔고 대형 마트 도시락을 먹을까요
김치찌개를 먹을까요

갑자기 비가 쏟아진다면
그녀의 흰 블라우스 안에서
성형한 물방울이 부풀어 오를 테니

다 쓸어 낼 수 있는 장마가 좋아요

지하철역에 퍼붓는 집중호우
자주 우산을 잃어버리는 건망증과
계단을 떠도는 비 맞은 개와
파도타기 하는 술잔이
킬링 필드에서 빠르게 흘러간다

생명체들

야생의 밤
얼음주머니 속에 물을 가두어
겨울을 이기는 나무들

야식의 밤
먹방 예능으로 포만감을 즐기는
명랑한 쓰레기들

시들어 가는 냉장고와
칸마다 썩어 가는 차가운 곰팡이
옆의 것을 그리워하며
면적을 넓히는 미생물들

극한의 우리와
우리의 다음 생애까지

위로가 커지면 따뜻해지고
따뜻해지면
더 빠르게 물러 버리는
냉장의 모순

외부와 맞닿은 자리에
무르고 사그라지는 피부
상처는 새살을 복구하며
흉터를 남긴다

해골이 있고
국적이 있고
포도나무가 있고

샐러드 한 아침을 위해
식사를 주문한다
새벽에 도착하는 플라스틱 더미
플라스틱 용기에 파묻혀

목이 잘리는 거북이와 바닷새들

표류하는 해적들과

작은 이끼가 숲을 만드는 시간
빛이 많아서

엽록체는 늘 바쁘고
빛이 없는 우리는
면역력에 늘 애타고

건강 보조제에 파묻혀
표류하는 약물들

녹지 않는 펭귄이 있고

메마른 물방울이 있고

저녁마다 야채를 씻자
느리고 불편한 동거를 하자
생식에 필요한 사랑을 하자
뜨겁게 달걀을 삶자

태어나야 할 것은 태어나야 하므로

폐허에서 뒤엉킨 작고 작은 피부처럼
벌레들의 긴 행렬 속에서

결합된 세계의 얼굴들

유리처럼 얇은 낮과
자주 미끄러지는 밤이었네

스마트한 창이 열리고 창을 닫고

페이스트리처럼 종종 곤란해졌다

층과 층 사이에서 총과 총을 겨누고
결과 결 사이에서 길과 길을 나누어
우린 이별했지

결을 찢는 확실한 태도로
우리 사이에 ( )와 ( )로 대응하는
두꺼운 공기층을 만나

자주 부서지는 표면이었네
한 겹 벗겨 내도 또 다른 겹을 만나
겹에서 겹쳐지고
부딪히는 결,
수많은 별을 만나 종종 길을 잃었다

\>
겹겹의 꽃잎과 겹겹의 얼굴들

선택과 집중에도 달라질 것 없는
우리의 부서짐

커피에 감기는 생크림의 마블링처럼
이름에서 얼굴로
새로운 기호들과 섞이며

옷 위로 떨어지는 부스러기처럼
툭툭 털어 내면 그만인 대화

우린 뜸해졌지

안개만큼 불투명한 관계에서
손대기 싫은 귀찮음과
쉽고 빠른 기계들과

성급히 결론을 내렸다
의문과 질문 사이에
이웃과 이웃이 결탁하여

쉽고 빠른 표정들과
저장된 감정과
끝없는 알고리즘의 미로를 따라

얼굴 인식과 멤버십의 증명에도
우린 종종 피곤했지

해변에 와서야 작고 고운 모래알을 만났다
파도의 다독임이
다시 고운 결을 만든다는 것
천천히 걸어가는 시간에서

느리고 지루한 성장이
새로운 국면과
지구 반대편의 이웃과 속삭이며

섬광처럼 빛이 지나갈 때

내부의 부서짐을 다독여 줄 것
수많은 기록을 남긴 얼굴에게

비:행 능력

구름의 모양에 시달려 달라지는 방법을 찾고 있었다
해변을 걷는다
가장자리가 된다는 건 가장 자리가 멀다는 것

연인들이 한 손을 잡고 한 손에는 불신을 들고
소확행을 타고
견디면 안 되는 것처럼

지나왔던 길은 그만하고 싶었던 길

신체는 하나씩 잘려 나갔지
감정 소모가 클수록 작아지는 몸
중심에서 벗어나면 싹둑싹둑 잘렸다

나를 소비하지 않겠어요

다짐했던 마음은 새우깡 한 조각처럼 쉽게 던져지고

 빗나가면 죽을 것 같은 시절도 지났으니 이제 참지 말라
고 밀려오는 파도 속으로 사라졌다가 살아졌다가 물벼락을

맞으며 물보라를 일으키네

　날개를 접고 따뜻하게 데워진 에어프라이어에 엎드려 점
점 익어 가도 좋겠다

　바다에서 바닥을 쓸어내리며 목격하지 않은 것처럼 목
적을 향해 혹은 공복의 상태에서 공부의 상태는 되지 않는
것처럼 떠밀렸던 파도가 다시 돌아와도 가장자리를 벗어나
지 못하는 것처럼 약속하지 못했지 야속했던 시속으로 날
아야 했던
　지나친 허기와
　뼈 속까지 텅 빈 바람이 지나쳐 가기를

　귀를 자르고 붕대로 감고 노란 선언을 하지 않기로
　초능력 조나단이 되지 않기로
　갈매기의 꿈은 물려받은 유전자와 세습인지 몰라

　날지 않는 용기와
　움직이지 않는 당당함을 보여 줬지

>
무엇을 원하는지 알고 싶었다
낯선 나를 향해

발바닥을 배에 붙이고

당분간 몸을 소비하지 않겠어요

매달린 사람

트럭이 달린다 시체들을 싣고 속도가 점점 빨라지자 시체들은 풍선처럼 떠올랐다 공중에서 우산처럼 팽창한다 보관할 곳 없는 이야기가 달린다 달리는 수밖에 없다 멈추는 것은 다른 차원의 얘기라서 시체는 트럭을 달리게 할 뿐이다

육체와 바퀴의 아첼레란도
육체를 둘러싼 공기가 칸타타 콘트라베이스로 감싸 안으며 데이브 홀랜드는 일렉트릭 베이스를 연주하고 기타에 매달리고 팽팽했던 이들의 시간과
멈추지 않는 바퀴

흰 자락이 펄럭인다 사물의 정체는 차원의 세계로 향하고 만져질 수 없는 당신을 찾아간다
걸을 수 없는 사람
떠 있는 것이라고 판단하면 흰 장미가 되고 차원이 된다
트럭 아래에서 트럭과 함께 달리는 흰 개를 본다 보는 사람에 따라 주인과 산책하는 것처럼 보일 수 있다

개는 뛰는 것일까 끌려가는 것일까 트럭은 개가 공중에서 하얀 가루가 되기를 바라는 것인지 모른다 가루가 되어

사라지기를

　형체도 없이 증거도 없이

　물체들이 떠다닌다 바다 위에서 물새보다 위에서 바다는 멈추고 장미는 장미의 찰나를 기다린다

　돌아가자 붉은 장미를 지나 흰 장미를 붙잡고 빛을 따라 같은 하늘을 반복하는 헬리콥터야 제발, 기계는 장악하기를 좋아한다 많은 것을 보려고 높이 오른다 보이지 않는 것을 보려고 차원을 넘어선다 몇 차원의 세계를 지나야 할까 차원에 대한 이야기는 무서웠다

　헬리콥터에 매달려 가는 사람을 보았다

　보는 사람에 따라 독수리에 끌려가는 것처럼 보일 수 있으며 하늘을 나는 사람이라고 동경할 수 있다
　인질과 구출이란 비슷한 장면의 엇갈림
　수증기로 확산한다면 휙휙 지나가는 거대 바람으로 풍경을 합성하고 착각을 불러올 것이다 공포의 시간이 둥둥 시

체처럼 떠오르는데 아래에 있는 사람들은 멋지다고 박수를
칠지 모른다 보는 사람들은 낭만을 기대하고
 흰 장미에 물을 준다

 온도에 따라 차원을 넘어서는 물, 물체들

 냉각과 따뜻함의 유지가 허물어질 때
 액체와 기체의 다른 입장에서 우리는

 서로 다른 코드에서 둥그렇게 구멍 난 곳에서

 공중은 물을 만들어 흰 장미를 키운다 다시, 새를 불러
오는 마음으로

 공격하는 자와 끌려가는 자의 차원이 다른 세상에서
 꽃잎이 날린다
 우산처럼 펼쳐진 공포의 건축물이 떠다닌다

스카이워크를 지나가는 하룻강아지

숲은 높다 뾰족하다

공중은 무서웠지

수평적 구도는 흔들림을 방지하지 못했다
참나무와 참참나무의 진실을 언덕과 언덕 사이에 묶어

공룡의 물어뜯긴 이빨 자국을 숨기고
억울하다고 아직까지 살고 있는 거북이의 오랜 삶

숲은 둥글고 따뜻하더라

오래 살고 볼 일이다 공중에서도 길이 열리지

수직 구도는 빠르고 경쾌해 추락하는 맛이 있지
거짓나무와 쉬쉬나무는 조용하게 묻어 두길 원했지

강자와 약자의 억울함을 다 들어 주는 정치는 없어
억울하다면 없는 길도 만들어야지

\>

숲과 숲이 멀어질수록 공중은 바빠지네

시끄럽고 소란한 꼭대기
물어뜯긴 경험이 한 번이라도 있다면

길은 무효를 선언해야 한다
날개의 효과는 찬란하지만 먹구름을 몰고 오지

숲은 지지한다 흔들리는 길 위에서
아무것도 없는 하늘에서
절대 추락하지 않는 발걸음으로
양쪽의 수평적 구도를 맞춘 여행길에서

왕왕 짖는 하룻강아지

식욕의 자세

아무도 죽지 않는 날을 만들겠어요. 환생과 환상의 구름 다리를 부수고 죽어도 죽지 않는 날을 위해. 나무로 만든 침대는 불타오르죠. 여전히 뜨겁지만 죽지 않아요. 타오르는 심장은 이미 불타고 있으니

나이프와 포크가 필요하겠죠. 밤마다 칼을 갈 필요는 없어요. 우아함을 버리면 되는 일. 원시적인 방법이 직관을 단련시켜요. 미각과 후각은 진화할 테고 간사한 혀의 설득력으로

먹어 치우기로 했어요. 손으로 이빨로 물어뜯어요. 송곳니가 천장을 뚫고 엘리베이터를 끌어올려요. 초고속으로 상승하는 아드레날린은 세상의 모든 맛을 빨아올려요.
맛을 알 수 없는 신원 미상의 음식들까지. 숨도 쉬지 않는 벌어진 입 안

통증 없는 날을 만들겠어요. 죽어도 죽지 않는
해 지는 쪽으로 행복한 기류를
오늘 밤 세상의 죽음을 훔치러 가요.

>
　요단강을 끓여요. 저승사자는 껍질을 벗겨 쉣깃 쉣깃 믹서에 넣고

　먹방 유튜브를 찍어 볼까. 좋아요를 누르면 엄지척이 되지만 난 배가 불러 풍선이 될까요. 괴물이 될까요

　그동안 수고했다고 쓸모없어진 내장들을

　나무로 만든 침대를 질겅질겅 씹어요.

　우리가 함께 먹을 수도 있으니

　잡다한 것들이 찬란한 효력을 발휘할 수도 있겠네요. 뼈 속까지 시원한 소독약을 마셔요. 사향고양이 배설물을 마셔요. 코피 루왁의 특별한 능력처럼요. 우리의 배설물이 영원성에 기여한다는 가설이 사기가 되지 않도록

　위장의 내부는 끔찍하지 않아요. 삶이 늘 복잡하듯이

　앨리스는 기름 덩어리를 녹일 수 있을까. 토끼 굴을 먹어요. 도마에 오른 반성의 서사를

　닥치는 대로. 누워 있는 시간을 뜯어 먹어요.

보호 종료

옷이 작아져서
신발이 작아져서
더 이상 가족을 가질 수 없다
이제 시작인데
아빠라고 불렀던 집에서는
동생들에게 아빠를 물려준다
덩치가 커져 버린 비대한 세상으로
다시 혼자
열아홉 살이 되어
그러니 자라지 않는 것이 맞아
콩나물을 먹지 않을래
지능을 반납하는 기분으로
부족해져야만 한다
아무것도 못 하는 사람이 되자
옷에 김치 국물을 흘리고
가위로 기억을 자르고
배꼽을 찾아요
캥거루 주머니를 만들어 주세요
혼자 화분을 키우는 일은
절대 하지 말고

가족을 가지려면 작아져야 해

나는 난쟁이

백설공주를 찾으러 가요

산속으로 들어가자

마녀를 데려오자

백설공주를 쓰러뜨릴래

난쟁이 타운으로 오세요

도끼는 무상 지원

사과는 무한 리필

숲세권 통나무 영구 주택으로

아무것도 못 하는 사람이 되어

자라지 않을래

열리지 않은 문 앞에서

손을 폈다

훔쳐 온 마스터키가 철컥

파리지옥에 발목이 잡혀

꼼짝하지 않는 끔찍

책상 아래에는 낡고 오래된 가방이 쌓여 있다 가방 안에는 많은 서류와 쓰지 못하는 볼펜들로 가득 차 있다 하나씩 불룩해진 가방들을 내려놓고 새것으로 산다 깨끗한 가방은 곧 더러워지고 무엇인가로 가득 채워진다 쓰다 만 일회용 휴지와 구겨진 영수증 카드 명세서와 메모장들이 터무니없이 가득하다 작은 것들도 버리지 못하는 합당한 이유는 모두가 필요한 물건으로 분류되기 때문이다 일상에 파고든 사물들의 소유권을 유지하는 일 책임감

언젠가는 필요 있을지 모를 일이다 버려지고는 살 수 없다 정리되는 일은 없어야 한다 가방이 쌓이는 일을 이해하지 못하는 사람으로부터 이별 통보를 받는다 더 이상 함께할 수 없다고 한다 정리를 해야 한다 가방은 무겁고 힘겹고 굳게 잠겨 있다 별것 아닌 것들이 시간의 순서대로 자리 잡고 있으니 별것이 된다 매일 가방이 채워진다 나갔다가 돌아오면 별것이 되는 작고 사소한 감정들이 가득 찬다

푸른 장미와 모르는 영역으로

오션 뷰를 바라보며
얼굴만 내놓고 잠겨 있다

무수한 물방울을 가진
어둠이 짙어진다
기포가 차오르는 맥주와
포도알을 혀로 굴리며

질식할 것 같은 날들을 소환한다
보통의 시간이
보관하기 싫었던 사진들과
맛없는 안주로 해안을 서성이는

마치 서바이벌의 승자처럼
사실은 코믹 막장이면서

매끄러운 피부로 전환할 수 있을까
온천의 효과는 기대하기 어렵다

푸른 장미가 초승달과 사랑에 빠져

수영장은 온통 열대야
다리를 휘감는 전갈의 꼬리가

모르는 영역으로 출발한다
다음의 다음의 날
또 다음의 날로

포르쉐를 타고
꽃길을 달리고
음악은 강한 믿음을 주고
선루프를 열고
랭글러 사고 싶어
미니쿠퍼 컨버터블을 살까
GTR은 돼야지
벤츠 스마트도 귀여워

미래를 꿈꾸고
즐거웠던 순간도 있었지

작은 티눈이 주는 지속적인 괴롭힘을

누구도 도와줄 수 없는 피로감에

드림 카를 데려오자

다음의 다음의 날
또 다음의 날에

냉동 인간이 되어 다시 살아날게
해동하고 싶은 지난 바람들과

전 세계 750대 한정 제작
850마력
제로백 3.8초
최고 속력 319km/h

AMG Speed way에 오신 것을 환영합니다

다큐에서는 찾아볼 수 없는
이 예능감
인피니티풀에서 액체 질소를 마시며

발포 비타민을 떨어뜨린다

투명한 유리잔에 물을 따른다

탁자에 놓인 수중식물에 눈길이 간다

신경 쓰지 않아도
애쓰지 않아도

잘 자라던 행운목이
물에 잠겨서 시들어 간다

아무 문제 없어 보이는 기둥

포화 상태로
대기 상태로

썩음의 자리는 어디서 오는지
물에 엎드려
몸을 말고
몸을 펼칠 때까지

발포 준비를 한다

물은 기억력이 좋았다
오로지 흡수하는 것으로
다른 물질이 되어 가는 물의 신속함

대기하는 자세로 손가락 끝에 있던
비타민 한 알이 모든 걸 던진다

하얀 기포들이 몸부림친다

미친 듯이 폭발하는
기둥이
중심에서 우뚝 솟아오른다

언제라도 부글거리는 마음을
솟구치게 하는
나름대로의 비결이랄까

상처를 회복해 줄까

>
숲에서의 서바이벌 게임은 즐거웠다
발포 명령을 기다리며
유리잔은 솟구쳐야 하는 마음

행운은 중심에 있다고 믿었지

기둥을 따라가야 해
원심력을 높이며
탄산의 마음이 되어 가는 지금

제2부 우리가 믿고 있는 흰 것은

릴리 릴리

\#

적의 없는 눈동자로
릴리 릴리
눈앞이 온통 하얘져서
낭만을 가지고 싶은 단순함이

백합을 꺾어 교실 창가에 꽂는다
선생님은 예쁘다고 친절하게 옷을 벗어 주었다
과분한 사랑이다
여름이라 옷을 벗는 것이 맞다
하얀 칠판 위에 이름을 적는다

옷 벗는 아이: 선생님

떠드는 아이: 엄마

화장실 청소: 앞에 앉았지만 한 번도 말을 하지 않은 애

수행평가 시간이다

선생님은 도화지를 보면 가슴이 벅차다고 한다
숨 쉬기 어려우니 옷을 벗는 것이 맞다
아무것도 그리지 않은 도화지를 보며

흰 꽃잎이 예쁘구나

아무것도 안 보이는 것은 아무거나 말하면 된다
아무거나 말했으니 아무거나 되어 버린다

%

법 없이도 살 수 있는 사람
미련하게 착하다고
바보 같아서 아무것도 할 수 없는 사람이 있다
법이 필요가 없는 사람이다

미처 깨닫지 못한 세계라서
쉽지 않다고
릴리 릴리
진한 향기는 맹세하게 만들지

\>

선생님은 엄마를 닮았으니 나에게 젖꼭지를 주세요

앞으로 절대 말대꾸하지 않겠다고
아장아장 걸어가겠다고
옷에 오줌을 싸지 않겠다고
벗으라면 벗겠다고
아무것도 보지 않겠다고
손가락을 걸고
시키는 것 다 하는 착한 사람이라서

*

흉기를 들었다고 보도됐지만 사실은 모기 채를 들었어요
전기 모기 채에 모기가 타는 소리는 사실은 효과음이라네
현금인출기에서 돈을 세는 소리도 효과음이에요

죽은 모기가 바닥에 떨어진다
함부로 피가 번져 있다
그것은 모기의 피가 아니다

>
모기는 애인을 닮았으니 피 빨아 먹힐 준비를 하세요
릴리 릴리
병실은 하얗고 피로 물들기 좋은 환경이에요
피나는 노력은 아주 쓸모없어서
내 피는 바닥나죠

&

현금은 흔적이 없어서 비현실적이다
어디로 가는지 아무것도 보이지 않아서
엄마는 돈을 세며 말한다
그러니 아무 문제 없어

학교는 아무도 없다 아무것도 보이지 않아서
선생님은 아무 말 못 한다
학생들이 무서워서
책을 던질까 봐 담배를 빌려 달라고 할까 봐
하얀 가루들로 가득하다
나부끼고 뒤집히고
재가 떠다녀서 앞이 보이지 않는다고

릴리 릴리
둘러대기 좋은 말이 떠다닌다

술에 취해 비틀거리며
아무것도 기억나지 않는다고
무조건 주장하는

모기 채가 사람은 잡을 수 없는데
솜방망이를 휘둘러 봐야
모기들이 도망가는 고요한 날이어서
정말 평범한 날이 되어 버린
심신미약 상태라서

다시, 흰 비둘기가 날아온다면

걷다 보니 이순신 장군이 길 위에 있다
큰 칼을 옆에 차고

그래, 그랬지
아스팔트는 몇 번이나 뒤집어졌지

몇 번이나 길을 갈아엎고
어떤 길을 만들고 어떤 줄을 세웠는지
서로가 지면이 되기 위해
돌을 나르며

산책하기에 좋은 시절이다
공사도 마무리되었다
광장에는 사람들이 모여든다

바닥에 누웠다
돗자리만큼의 자유와 하늘을 바라보았다

책장이 휘날리고 그늘막이 나부끼며
춤추는 뉴스와 어린 양의 풀잎

>
감염된 시간과 소란했던 밤을 피해
사막에 함께 누워
약속의 땅으로 가는 동상 앞에서

오그라든 비둘기의 상한 발가락을 본다
바닥을 쪼는 부리의 상처가 깊다

나뭇잎을 물고 온 흰 비둘기가 되어
다시, 오기를
산책하기 좋은 길에서

꽃이 피고 벤치와 책과 연주가 시작되고

우리는 떠들어야 하는지
조용히 있어야 하는지 몰랐다

우리 눈 속의 투명한 수정체

줄을 서고 있다
아무거나 기다린다
아무거나 잊어버린다
모래 위에 이름을 새기다가
밥이나 먹고 올까
모래를 씹으며 조개 구이를 먹고
조개에서 진주를 찾으며
눈에 모래가 들어가 앞이 보이지 않는다고
나는 줄을 서고 있다
줄어들지 않는 줄은 어디를 향하는지
무조건 줄을 서고 보는 날들
한 방향을 향해
뒤통수만 바라보는 눈동자
필사적으로 동그라미를 향해
아무 생각도 하지 않는다
뿌옇게 사물이 겹친다
하얀 비둘기가 불에 타고
불꽃을 둘러싼 모래바람
앞사람을 따라
자발적으로 회오리에 휘말린

투명했던 수정체가 혼탁해져
어른들의 할 일은 무엇이었는지
수도 배관으로 연결된 우리는
물속에 아메바를 키우고
우리가 잘 알고 있는 흰빛
옥상정원에서는 몸을 던지지 말자고
무작정 기다리는 사람들
여기는 작게 부서져야 하는 곳
거울에 비친 아침을 보았지
흰빛이 진짜 흰빛이기를

빙수의 유래

소파에 누워 잠자고
밥을 먹고
TV를 보고
낄낄거리고
정치 얘기에 열을 올리고
아버지는 낡고 오래된 소파에서
내려오지 않는다

나머지 가족들은
새것으로 바꾸기 위해
아버지를 설득한다

멀쩡한 소파를 왜 바꾸냐고
돈이 남아도냐고

움직이지 않는 소파

누나는 조금씩 칼로 그었다

속이 터지고

솜이 튀어나오고

엄마는 보기 싫다고
하얀 천으로
감싼다

아버지의 아버지로부터
물려받은 소파는
좁은 집 안에 왕릉처럼 자리 잡고
우리는 무릎을 꿇고 앉아
손 만두를 빚었다

공장에서 나온 만두는 맛이 없어
방망이로 반죽을 밀어야 제맛이지

이 무겁고 투박한
방망이로는
만두피가 동그랗게 되지 않는다

자꾸 비뚤어지고

찢어지고

누워 있는 아버지와
보기 싫은 소파를 제거할 수 있다면

당신의 방으로 가세요

동생은 방망이를 휘두른다
방망이는 공을 움직이게 한다고

만두 속이 터진다

반죽이 잘 섞이지 않아
밀가루가 박혀 있다

아버지는 할머니의 손 만두가 그립다고

동생은 남은 밀가루를 아버지 머리 위에 부었다
하얀 눈사람이 된 아버지는
다시 소파로 들어간다

소파에서 부엉이를 키우고 초에 불을 밝히고
실타래를 풀어 둥글게 말고
죽은 사람들의 이름을 부르고
손바닥을 비비고
종말이 되면 로마 여행을 가겠다고

하얀 눈사람이 된 아버지는
다시 냉장고로 들어간다
얼음이 됐으니 절대 흘러내리지 않겠다고

우리는 찌그러진 만두피에 소를 감싸며
죽은 사람이 내려오는 겨울을 생각한다
사뿐
사뿐
쌓이는 봉분

밀가루로 만신창이 된 거실에
봉분이 솟았을 때
소파는 쉽게 들어내졌다
먼지가 수북한 자리에는

통장이
납작 엎드려 있었다

소복
소복
쌓였던 잔고

소파는 질기고 고집 센 가죽으로
통장을 지키고
거실을 지키고

어긋난 계절을 살고 있는 여름
소복이 쌓인 얼음 빙수
새로운 과일을 올려
큰 숟가락으로 얼음 봉분을 떠낸다

과도한 희생

엄마는 과도가 없다고 큰 칼로 사과를 깎는다 수용성 농약이라고 그냥 씻어서 먹으라고 했다 영양소 많은 껍질이라고 해도 엄마는 아버지가 껍질을 싫어한다고 멈추지 않는다 표면은 미끄럽고 반짝인다 껍질을 벗기려는 자를 방해한다 칼끝에는 숨겨졌던 단물이 흐른다 달콤한 속 물에 사과를 놓친다 바닥으로 떨어진 사과는 속이 터진다 엄마는 살을 도려낸다 칼로 절단한다 살점이 잘려 나갔다 남은 껍질을 벗기려 하자 균형을 잃고 손을 베였다 피가 사과 속으로 침투한다 살을 또 도려낸다 과육이 조금만 남았다 가슴에 속물은 다 빠져나가고 손끝에는 피가 멈추지 않는다 사과는 피로 물든다

고추가 썩어도 괜찮아

김장철이다. 엄마는 옥상 햇살 좋은 곳에 고추를 말린다 붉고 통통한 고추가 펼쳐진다 은색 돗자리는 햇살을 반사한다 눈이 부셔 잘 보이지 않는다 늘 그래 왔듯이 태양초 고 춧가루를 만들어야 하는 의무에 차 있다 고추의 명령을 수 행한다 그저 삶의 본분이라고 눈을 감는다 빛은 은색 돗자 리로 모여들었다가 반사한다 엄마는 눈을 뜨지 못한다 고 추를 엎치락뒤치락 고루 뒤집는다 고추를 뒤집고 만져 줘도 불만이 많다 딸은 내버려 두라 한다 엄마는 내버려 두면 고 추가 썩는다고 한다 고추가 혼자 할 수 있는 것은 썩는 일뿐 이다 엄마가 아니면 몸 하나 뒤집지 못하는 고추는 물이 찬 다 흐르지 못하고 고이는 생각이 성큼 썩어 간다 엄마는 눈 이 멀고 속이 썩어도 반짝이는 것을 좋아한다 반짝이는 돗 자리에 누워 자고 은색 돗자리를 몸에 두르고 파티를 한다 옥상에서 파티를 한다 빛은 찬란한 것이 아니라 착란하다 딸은 손으로 빛을 가리고 엄마를 일으켜 세운다 고추는 이 제 필요 없다고 김장은 하지 않겠다고 다짐한다 입맛은 변 하고 세상은 맛있는 것으로 가득하다고 고추를 말리는 노 동은 이제 멈추라고

화이트 아웃

얼음집이 건설되었다
입주 조건이 완화된 주택에는 사람들이 몰려왔다
투명한 벽돌이 반짝였다

사물은 눈에 보이는 것보다 가까이 있어요

증발한 바닷물이 얼음덩어리가 되어

종종 침범하고 침수되었다
광활한 빙하에서 본능적으로 움켜쥔 것은
흰빛이었다

빛을 잡은 사람들은 마침내 안심할 수 있었다
장미를 잡은 사람들은 가시밭길로 갔다
어느 것도 잡지 못한 사람들은
물속에서 가만히 기다렸다 끝내 기다렸다

물은 언제나 수평이 되려 한다 기울기에 대응하기를 잘
한다 수평만 되면 사물이 부서지든 떠다니든 상관없었다 그
저 수평만 만들면 되었다

>
무게를 가진 사람들은 수면의 표면을 견디지 못한다
빛을 움켜쥐는 것은 누구도 할 수 없는 일

살기 위해 냉혈 인간이 되는 것도 생존이다 달라질 것이
없는 세상은 백색 가루에 휩싸인다 하얗게 질린 입술이 하
얀 꽃송이에 입을 맞추고
　아 아 물을 바라보던 눈은 하얗게 멀어 하얀 눈으로 덮
이고

　하얀 숲으로 가요 나는요 희고 빛나는 흰 꽃을 따라 하얗
게 떠다니는 눈의 결정체를 믿어요 희고 고운 발을 눈 위를
밟으며 허리까지 빠지는 하얀 산맥을 따라

　장미보다 눈꽃이라고 눈꽃 빙수를 먹으며 달콤한 붉은 팥
을 걷어 내던 킥킥거린 친구를 따라 해맑은 것은 언제나 정
답이라고 여겼지 친구라서 무조건 믿어 버린 어처구니없는
날들을 단지 오해라고 변명하는 친구를

　믿을 만한 것이 믿을 만해서인지 아니면 믿을 만한 것으
로 만들어야 하는지 믿을 것이 없어서 믿어야 하는지

눈에 보이는 것이 온통 새하얀 거짓말이라면 거짓말도
생존일까

아 아 사각거리는 백색 병동의 하얀 시트를 덮어 줘요

하얀 가운을 입은 의사의 말씀을 따라 침대에 손목과 발
목을 묶어도 무조건 믿으며 무조건 엎드리며

겉으로 보이는 평균의 수치가 기준이 되는
단정한 표면으로

눈감아 주는 것이 습관이 되어 버린 사람들

떠다니는 것들에게 종종머리를 부딪치고 가슴이 찔리고
건물이 무너지고 자동차가 떠다니는 재미난 풍경

꽃을 따고 꽃으로 때리고 아이들은 꽃이 되고 눈 감은 아
이들이 이불을 덮고 눈물조차 흘리지 않아
손이 닿으면 아이들은 사라지고 흰 꽃이 책상에 피고 눈
이 내리고 교실은 눈이 덮이고

>
눈 무덤으로 오세요

냉각기에 넣고 냉각 조끼를 입고 온도를 낮춘다 아무도 움직이지 못하는 곳
안전한 곳이 없을 때는 안전하다고 믿는 마음으로 절대 안전하지 않아도 모두가 그렇다고 믿는 안전한 생각으로 아주 정돈된 말로써

말을 뱉는 것도 생존이겠지 뱉지 않으면 죽으니까
새빨간 거짓말이 왜 새빨간지 도무지 이해가 안 되는 사람들이 거짓말은 새하얀 것이라고 말한다면 이것도 생존일까 새빨간 장미를 보지 못해서 장미를 갖고 싶어서

모든 것을 끝내고 싶은 사람들이 모이자고 했다
모든 것이 끝나는 것은 없는데
끝이 없는 것이 끝인 줄도 모르고

수평을 맞추려는 물의 능력과

믿을 수 없는 길을 향해 믿는 능력으로

크레바스를 만나는 것이 심장 쫄깃하게 하는 어드벤처
인 것처럼
  우리가 믿고 있는 흰빛은
  또 얼음집을 건설하고

양치기 소녀는 자라서 소설가가 되었다

광장에는 풀 뜯어 먹는 얘기밖에 없다 양들은 풀 뜯어 먹는 소리밖에 내지 못했다 늑대는 풀 뜯어 먹는 소리로부터 온다 양치기 소녀는 늑대에게 속는다 늑대가 양을 찾는 이유는 다단계 녹즙기 판매 실적을 올려야 하기 때문이다 늑대는 불면증에 걸려 양을 센다 양을 세야 하는 배고픈 운명은 양치기 소녀도 마찬가지다 양을 잘 키우고 싶었던 양치기 소녀는 양에게 좋은 것을 사 주고 싶었다 쓸 것 없는 짧은 이력은 풀 뜯어 먹는 소리보다 못했다 성공한 삶이란 전원주택에서 풀 뜯어 먹는 삶이었다 귀농한 옆집 양치기 소년은 성공 사례를 남긴다 가짜 사진으로 도배한 블로그로 성과를 보여 준다

학교에는 책 뜯어 먹는 얘기밖에 없다 샘들은 책 뜯어 먹는 소리밖에 내지 않는다 창문을 보며 책 뜯어 먹는 소리만 듣는다 학생은 책 뜯어 먹는 소리로부터 온다 복도를 쥐어 짠다 계단에서 다단계가 달려든다 무릎에서 바퀴벌레가 기어 나왔다 바퀴가 샘을 파는 이유는 심심한 위로를 받기 위해서다 책이 잠을 불러오는 것은 학교에는 교밖에 없기 때문이다 어지간히 똑같고 반복된 문장은 잠 뜯어 먹는 소리보다 못했다 성공한 삶이란 결국 잠 뜯어 먹는 삶이었다 어

엿한 학생의 바른 성공률이란 과정보다 결과에만 집착하는 올바른 가치관으로 성공 사례를 보여 주는 것이다

집에서는 욕 뜯어 먹는 얘기밖에 없다 부들은 모 뜯어 먹는 소리밖에 내지 않는다 방문을 잠그고 욕 뜯어 먹는 소리만 듣는다 가족은 욕 뜯어 먹는 소리로부터 온다 거실을 쥐어짠다 소파에서 가위손이 나타난다 코에서 아메바가 기어 나왔다 가위가 코를 고는 이유는 아메바가 뇌를 파먹는 이유와 같았다 치사율 백 퍼를 자랑하며 가족을 잘라 놓기 때문이다 어지간히 잔인한 권태는 욕 뜯어 먹는 소리보다 못했다 성공한 삶이란 결국 뇌 뜯어 먹는 하루였다 화목한 가정의 모범 사례란 상상력이 동원돼야 하는 특수 상황이므로 위험수당이 붙어야 한다 역경을 극복한다는 것은 거짓된 표본을 신뢰하는 방법으로 일관성을 유지하는 것이다

도서관에서 책을 말해 주는 아이가 있다 친구들은 책이라면 돈을 줘도 싫다고 한다 친구를 만들려면 늑대를 불러와야 한다 재미있게 읽던 책은 옆집에 사는 책 읽기 싫어하는 사람이 버린 것이다 오래된 책들은 새것이다 양이라고 불리던 여자아이처럼 한 번도 펼쳐지지 않았다 친구를 만들려

면 내가 겪은 이야기라고 말해야 한다 책에서는 부도 죽었
고 모도 행복할 수 있었다 양이라고 불리던 여자아이는 신
나게 부모를 지어냈다 집도 빵처럼 부풀었다 펜트하우스를
사고 부자가 되었다 자신의 말 한마디에 친구들은 울고 웃
었다 성공한 삶이란 친구들과 함께 발기발기발기발기발기
발기발기 집을 찢어 먹는 것이다

음파

보도블록 공사가 한창이다
일정하게 거리는 잘린다
균등해지려고
매끄러워지려고

규칙적으로 밀려났다
계단을 뛰어 올라가는 사람들은 빠른 전개를 원한다
불가능한 장면은 없다
더운 공기가 모여들었다

그대로 멈춘 사람들
동작 이전의 사람과 동작 이후의 사람들

가로수 잎이 축 늘어진다
이상한 기울기

한낮의 거리는 흠뻑 젖어야 해요

피아노 건반 위의 멜로디처럼
검은색과 흰색의 교차로

소리가 필요해요 더욱 멀리 더욱 빠르게

보도블록은 각을 유지한다
같은 규격으로 공정한 것처럼

벽장 속에서 울고 있다
울음이 불어난다
우는 것을 그치지 않는다 방 안은 흠뻑 젖어야 해요

아무것도 하지 않는 것

그것도 재능입니다

방 안에 호수를 만들고 호수에 몸을 던진 사람들
기록 중인 물결은 소리를 저장한다
방 안에서 울려 퍼지는
웅성거림을

문밖으로 이동해 주세요

>
급발진했던 바퀴들
뜨거운 공기로 치열했던 비상문

가로수가 바람을 차단한다
공중은 기분을 밀어낸다
소리는 미미하게 몸을 낮추고

간의 능력

모든 인간은 태어날 때부터 강요받으며 그 존엄과 편리
는 동등하다

세계인권망언 제1조

간은 안에 있지 않다

간을 빼 두고 다니는 토끼를 믿으며

In 간은 천적으로부터 피해 다니며

비정과 양심을 부여받았으며 사후에는 바로

돼지가 될 게

부패한 시신에서 기어 나오는 것을 견딜 수 없어

육체를 보존할 수 있는 방법

심장의 두근거림을 지속시키는 간을 찾아 주세요

돼지의 간은 철분이 많아 뇌의 건강에 얼마나 좋은지

뇌를 떼고 간을 심어 놓을게

여기저기 옮겨 다니는 뇌에게

깊은 감사와 존경을

명령어를 따르고

고통 없는 세상으로

완벽한 관계를 위해 칩의 능력을 믿으며

쉽게 열리는 유리들

빠르게 눈감아 주고

말 바꾸기 선수가 되어
심장 박동에 무리를 주지 않고
완벽한 건강을 자랑하는
나는 돼지
사이보그 돼지를 사세요
자동 충전에 맛있는 간이 머리에 박힌
아직도 유토피아를 꿈꾼다면
당신의 뇌에 칩을 이식하세요
오류도 불안도 없는 밀실로 오세요
물고 뜯고 맛보는 감정노동을
인간이 되려고 밤바다 무덤을 뒤지고
간을 찾고
서로에게 간만 보고 돌아서는 일이 없도록

유리한 잠

유리컵이 미끄러진다 깨진 조각들을 밟는다 발바닥이 서늘하다 신선한 감정은 바보스러워서 좋았다 일어나 창문을 연다 흰 것을 숭배하는 자처럼 불온한 손을 내민다

창밖의 아이들아, 너희들의 반항에 위선 따위는 없다 침을 뱉고 발길질을 한다 한낮의 빛은 날카롭고 푸른 종소리는 폭풍을 걷어 가지 못했지 오해의 속도는 굽이치고 어떤 노동보다 가파르다 발바닥에 흐르는 피는 나를 보호하지 못하고 불리한 쪽으로

검은 가루가 떠다녔다 치열하게 눈썹을 떠는 오후에는 포도밭으로 가자 흰옷을 입고 춤을 추자 포도를 던지고 포도즙으로 샤워를 하고 붉은 향기로

격렬하게 저항하는 어린 날을 데려와 기억을 재구성한다 유리컵이 떨어진다 누가 먼저 그랬냐고 다그치는 선생님이 있었지 싸우는 아이들도 선빵이 중요하다네 누구든 유리 조각을 다루는 방법에 대해 묻지 않는다 너무 쉬워 보여서 다 알고 있는 감정이라고 절대 베이지 않을 것처럼

>

  우리를 내려놓을 곳을 찾아 불면의 시간 속으로 피에 젖은 발등으로

  미끄러지는 언어에, 실패하는 대화에 가슴을 달자 언제나 따뜻하고 물렁한 엄마의 것처럼 푹신한 식빵에 얼굴을 묻고 촉촉한 이해의 결을 따라 얄팍한 입술을 대자

  프시케를 소환하여 잠으로 가자 열등한 뇌에게 온기를 주자 게으르고 느림의 춤을

  유리하게

  절반의 발끝으로 꿀이 흐르는 가슴으로

  하얀 이불이 떠다닌다

하얀 시트에 둘러싸여

환자가 비명을 지른다

흰색 유니폼을 입은 간호사들이 뛰어온다
빛이 들어오지 않는 병실은 조작이 간단하다

붉은 핏방울이 떨어진다
목덜미를 지나
손끝을 지나

의사가 달려와 응급수술을 진행한다

환자는 깊은 잠에 빠지고 소독된 시트는 빳빳하다 하얀
거즈는 피범벅이 된다 보호자는 전 재산을 주기로 서명한다

몇 개의 링거와 몇 개의 수혈 팩이 덜컹거리며 질질 끌려
간다 검은 연기가 병실 문틈으로 빠져나온다 누군가는 전부
를 걸어야 하고 누군가는 지독한 잠에 빠져야 하고 누군가
는 조작을 편집해야 한다 CCTV 없는 병실에서

금속 부딪히는 소리와 언제 맡아도 숭고한 소독약 냄새와

피로 번지는 푸른 수술 가운의 실루엣이

　좁은 숲길로 향한다 마른 침묵이 피부를 찢고 의사의 금테 안경에서 머무르고

　복도는 조작이 간단하다 어떤 생각도 하얗게 지워 버린다 병실은 갇히기 좋다 진료실은 포비돈으로 가득하다 포비돈은 용이하다 발견되어도 떳떳하다 무심히 쌓여 있는 유리병들과 요란한 침대와

　환자는 좁은 숲길을 걸어갔다

　가위가 떨어지는 소리가 들린다 펄럭이는 시트가 나부끼고 붕대가 풀려 굴러간다 붕대를 잡으려고 손을 뻗는다 게임기의 전자음이 정적을 깨뜨린다 환자는 의사를 만난다 의사는 무심히 말한다

　이제 곧 깨어날 거예요 아무것도 묻지 말아요

　하얗고 차가운

>

환자는 눈을 뜬다 천장을 바라본다 가족들의 울음소리가
들린다 고마운 감정인지 의문의 감정인지 생각한다 아프지
는 않았다 환자는 붕대로 감긴 자신의 몸을 본다

의사의 말이 생각났다 수술실은 아무도 없다 아무도 묻지
않는다 아무것도 알지 못하지만 아무거나 물어보는 것은 무
의미하다 바닥에 흥건한 핏빛 액체가 고여 있다
환자는 가족들에게 꿈을 꾼 이야기를 한다 숲길에서 뱀을
만나 비명을 질렀다고 꿈에서 뱀에게 물려 피를 흘렸다고
하얗고 차가운 나무에 기어오르는 꿈을 꾼 것이 전부라고

누군가는 전부를 걸어야 하고
누군가는 전부를 조작해야 하고

제3부 지하로 내려간 사람들은 무엇을 봤을까

단 하나의 세포였을 때로

물에 뛰어든다 어떤 맥락도 없이

물의 속성을 따른다 뼈대를 거슬러 퇴화한 꼬리뼈의 연대기 속으로 깊은 숲속에 집을 짓는 자유인처럼 훌쩍 떠나고 훌쩍 나타나는 삐딱한 기울기처럼

늑대의 울음을 만드는 달빛이

사실은 전설이 되고 싶어서 그대 안의 블루가 되어 굽힐 줄 모르는 심해에서 물결의 마음도 그러했을 거라고 믿고 싶기에

불행했던 기억은 없었는데 왠지 억울해져 울컥거림을 따돌리는 방법인지도 꿈 밖으로 벗어나면 큰일 나는 것이 아니었음을 다시 확인하고 싶었는지도

　　　머리카락이 일렁인다
　　　직진이던 관절의 관성을 멈추려고
　　　젤리피쉬를 따라
　　　투명하고 말랑한 빛을 따라

>

머리카락은 마음껏 펼쳤다가 몸을 감싸 안는다 캄캄했던 이불 속으로 숨 막혔던 옷장 속으로 옷의 진동이 스케치북을 매일 백지로 만들었지 디자이너가 되고 싶었던 엄마와 옷을 좋아했던 어린 시절과 젤리 향이 났던 지우개와

늘 바다를 기다렸다 바다는 오지 않았으나 바람이 그치지 않았고 입을 옷이 없다는 엄마와 옷을 그리며 바다로 뛰어드는 백지들이 옷이 되고 무늬가 되는 펄럭이는 날들 속에서

투명하고 말랑한 젤리가 자랐다

잠은 잠적하기 좋은 방
머리카락은 나를 묶기 좋은 잠

탯줄을 목에 감고 자궁벽을 찢으며 남자도 여자도 아니었던 때로 수정란을 부수고 당신의 꼬리를 잘라 나팔관을 거슬러 착 달라붙는 애착 인형이 필요하지 않았던 깊은 잠 속으로

>
날아오르는 물이 되어 투명하고 말랑한 단 하나의 세포
였을 때로

식물의 정체

일 년 내내 비가 내렸다
물에 잠긴 집
인어가 된 기분으로 머리를 빗고
사라지는 다리와 흐물거리는 척추
빛이 들지 않는 창가에
화분이 배달되었다
흙이 항상 젖어 있었고
물이 범람하는 아침이 있으므로
꽃을 기다렸다
소용돌이치는 마음이면 되는 줄 알았다
우리는 어둡고 출렁이는 방 안에서
서로를 부둥켜안고 잎을 기다렸다
내일은 오늘처럼 춥지 않기를
빙하의 것이 되어 버린 책상과
떠내려간 갓 구운 빵과
라일락을 좋아했던 엽서들까지
화분이 무성해지기를 기다렸다
지면보다 해수면이 높아진 지도
무너지는 얼음을 피하기 위해
인어가 되어 가는 기이한 거울을 본다

가쁜 숨을 몰아쉬며
화분을 기다린다
부족한 산소와 온기가 되어 줄 것을
마음만으로는 어느 것도 키울 수 없음을
홍수와 바람과 잠겨 버린 땅에서
어린 새와 친구와 늙은 개가 죽었다
생각보다 빨리 사라지는 세계
식물도감을 펼친다
아직 잠에서 깨지 않는
씨앗의 잠재력을 믿으며

시체의 자의식이 원이 되었나

얼굴을 덮었던 시트를 내려 준다
누군가 얼굴을 토닥여 준다
생애 마지막 화장

난 예뻤을까. 어떤 형식이었을까. 어떤 말도. 할 수 없
었지. 조용하게. 좋은 게 좋은 거라고. 휩쓸려 갔지. 용기
를 내지 못했네. 나를 포기하면 되는 일. 죽는다는 거와 동
일한 감정. 학습된 따뜻한 감정. 일어나지 않고 숨어 있는
것. 참 매력적이야. 분노가 생기거든. 생각보다 쉽고. 생
각보다 강력해.

오빠의 발바닥을 닦았지. 복종의 자세는 무릎을 만들지.
참 공손해졌어. 엄마는 겸손하게 혼자 밥을 먹었어. 우리는
손에 손을 잡고 원을 돌았네.

원을 그리다가. 비뚤어지면. 안쪽이 그리워. 비틀거렸지

둥글게 둥글게. 원을 그리며
밟히고. 잘리는. 팔을 던지며

>

입술이 푸르러. 이불 속에서 송곳니가 길어져. 바늘귀가
자라고. 혓바닥은 핏방울을. 기다리지.

주먹을 휘두르고. 욕을 하더라. 목청을 시원하게. 구멍
내기 위해. 이빨을 기다리네. 길은. 길어지고. 목덜미를
기다리네.
뱀파이어를. 기다려. 이름을 기다려.
영원히 죽지 않으려고.
하얀 나신으로 빛나려고.

몸에서 빠져나온. 검은 연기. 닫힌 결말은 싫어. 창백하
고. 시리도록. 원을 그리며. 재생 크림을 바르지. 꽃으로
가득한 침대. 노란 얼굴은 싫다고 했는데. 붉은색을 따러
가겠어. 손에 손을 잡고. 원을 그리며. 피를 찾으러 가야
지. 팔을 찾으러 가야지. 지워진 입술에 립스틱을 그리자.
폐기된 목소리가 발아래를 비출 테니.

아 아 나는 발가벗은 아 아 나는 시체
아 아 무덤이 열리네

비인간 인격체

1.
벽의 뒷면은 거울
사람의 뒷면은 휴지 조각

각자의 목표물 앞에 서 있다

사람과 사람 사이에서
실험용 침팬지처럼 렌즈 앞에 세운다

2.
인형 놀이를 한다
아이를 벽에 던지고 가방 안에 구겨 넣고

종이 인형을 오리듯이
아이를 오린다

인간도 아니라고 아우성치는 사람들이
거울 속에 있다
돌고래 같은 마음이 손톱만큼이라도 있기를

>
욕조에 잠긴 아이는 푸른 종소리를 낸다

아이는 동물원을 좋아했다
낙타가 웃으면 같이 웃었고
침팬지가 울면 따라 울었다

아이는 인형이 되었다

그는 인형을 발로 밟고 다녔다

그는 숫자를 가슴에 새기고 벽에 선다
얼굴을 가리고
전면 부인한다

동물원 침팬지는 거울을 안고 웃는다
입술을 오므리고 거울에 입을 맞춘다

사육사가 들어오자 손을 내밀고 환하게 웃는다
사육사도 따라 웃는다

\>

3.

로봇은 사육사의 모자를 뺏어 자신의 머리에 쓴다

사라진 아이가 거울 속에서

울고 있다

모자를 눌러쓴 로봇은 음식을 나른다

주문을 받고 계산을 하고

방문한 고객들과 추억을 만든다

4.

반려 식물이 창가에서 노래한다

베개에 폭설이 내리자

라푼젤은 머리를 풀고

매미처럼 울고 싶었다

인간도 아닌 인간에 대한

인간적 마음으로

타자 연습을 하는 부엉이

마침내 좋아하는 일을 찾았다고 엉 씨는. 노래하면 행복해져서 저녁마다 고래고래 노래 부른다. 노래는 고래도 춤추게 한다고. 잠도 자지 않고 노래 부른다. 아랫집의 빗발친 항의에 시간을 바꿔 아침에 노래한다. 출근 시간에 비가 빗발친다. 빗속을 뚫고 노래한다. 비좁은 지하철 안으로 기타를 메고 승차한다. 띵까띵까 기타를 친다. 덩치 큰 기타가 졸고 있는 한 사람의 머리를 내려치고 말았다. 실수예요. 다시 노래를 부른다. 뭐야 이 새끼야. 상대방은 소리친다. 그렇게 졸지 말고 밤에는 잠을 자라고요. 엉 씨는 또다시 기타를 친다. 노래 같은 건 하지 말라고 조는 것은 행복한 일이라고. 꿀 같은 단잠을 깨우는 무례함을 사과하라고. 그러자 사과는 좋아하는 과일이 아니라고. 좋아하지 않는 일을 억지로 하지 않도록 보장해 달라고. 떼를 쓴다. 머리를 맞은 사람이 사과한다. 지하철은 붐비고 밀치고 만지고 아무것도 보장하지 않는 곳이라며. 행복추구권을 지켜 주겠다고. 엉엉 울고 멍멍 짖고.

모자이크 증후군

콜라주

색종이를 오리고
또 오렸는데
가위에서 얼굴이 떨어지고
또 떨어지고
백지 위에 붙이고 또 붙였더니
한쪽 눈과 한쪽 귀가
손등에 붙고 등 뒤에 붙어
머리카락이 잘리고
고추가 떨어지고
이 낯선 구도가 더 좋아
참 좋아
나를 재구성하는 얼굴의 반전

자웅동체 나비

세상의 질서대로
길 위에 길만 갖다 붙이는

고정된 사람들
나비가 날아온다
오른쪽 날개는 오른쪽으로
왼쪽 날개는 왼쪽으로
어느 쪽으로도 날 수 없다
양쪽의 생존
희귀한 생명체라고
박물관에 표본이 되었다
공존의 법칙을 배우기도 전에
유리 상자에 갇혔다

의외의 성공

벽장에서 트랜스포머를 찾았지
고철 덩어리들이
잘린 채로 구겨진 채로 꺾인 채로
쌓여 있다
붙은 채로
한 덩어리가 되어

덩어리인 채로 꿈이 완성될까
작은 것들의 힘은
어떤 조합이라도 다 만들지
의외의 성공은
잠재된 성을, 공들였으므로
숨겨진 스토리가 성을 무너뜨리고
고정된 것은 무너져야 할 자유를
끝을 알고도 시작하는 용기를

낯선 사람

져 주고 포기했다 포기가 익숙했다
모든 걸 바쳐야 했고
영혼까지 갈아 넣어야
어두운 터널을 통과할 수 있다고 생각했다
용기는 낯설었다
거절하는 것은 사회생활의 금기처럼
성격 좋은 사람으로 불리고 싶어서
이 잔인하고 무서운 말을 듣기 위해서

>
한 번도 만난 적 없는 당신

거울 속에서 당신이 불러요
유리에 갇힌 당신은 나를 기억하나요
미안하게도 나에게는 얼굴이 없어요
사라진 얼굴은
흐느끼고 있어요 자신을 반사하지 못했던 기억으로부터
조금 멀리
어쩌면 아주 멀리 와 버렸는지도
거울 안쪽의 나와 바깥쪽의 내가 이제까지 만나지 못해서
낯선 내가 무수히 떠다니고요
목소리를 간직하려고 귀를 벽에 대어 봅니다
맹목적인 날들을 멈추고
다르게 살고 싶은 나에게
이제껏 본 적 없는 당신을 향해 손을 뻗어요
내 안에 있던 나에게로

엔진 룸을 열어 보니

뜨겁거나 따끔거리는 궤도 안으로 들어간다. 불규칙한 진동에 겁이 난다. 소시지 굽는 냄새가 난다. 복잡하게 얽힌 길이 아슬아슬하다. 캠핑을 가야 하는데. 삼겹살을 구워야 하는데. 새로운 길이 여행을 낯설게 할 테지만. 내비게이션의 안내에도 놓치고 지나가는 순간. 공포 영화로 전환될 것이므로. 단단히 결심한다. 한 번도 가지 못한 길은 독립 영화가 제격이다.

카센터는 수리 기사의 자격증으로 가득 차 있다. 자격증은 숨어 있는 길까지 찾아낸다. 막힌 길도 열리게 한다. 난여행자 자격증을 가지고 있지 않다. 검은 기름이 낀 관절에서 삐걱 소리가 난다. 얼마나 참았는지 쩐다. 찐이다. 참아야 하는 일만 생긴다. 한없이 소심해진다.

불을 피우지 않았는데. 계란 굽는 냄새가 난다. 텐트를 치고. 데크에 엎드려. 알까기를 한다. 손끝으로 튕기는 거라면 자신 있던 나는. 기타를 친다. 알은 아주 멀리 튕겨 갔다. 노래를 부른다. 엔진 룸에서 또 연기가 난다. 자격증을 가진 사람은. 자격이 없었던 걸까. 자동차는 신형에 가깝다. 출시 1년밖에 되지 않았는데. 반짝이는 테두리를 지

넜는데. 친구에게 빌렸는데. 삼겹살을 구워야 하는데. 사진을 찍어야 하는데. 인증 샷을 올려야 하는데. 수리 비용으로 돈은 다 쓰고. 기타는 멈추고. 캠핑을 위한 도구는 쓸모가 없는데.

흰 달빛은 삶은 계란 같고. 풍경은 애틋한데. 막상 뚜껑을 열어 보니. 먹을 것이 없는 곳에서. 정착하지 못하고 궤도를 떠도는 기타 사항. 상상만으로 맛을 본 소시지와. 베이컨들이 삼겹살을 굽는다. 알은 달아나는 본능을 지녔다. 계란을 구우면 언제 터질지 모르는 위험한 일이 발생한다. 작은 것의 파괴력이란. 뚜껑을 열어 보기 전에는 아무것도 알 수 없다.

정오의 팔레트는 무지개 깃털을 뽑고

어느 날 엄마는 같이 죽자고
집이란 게 참 겁나

일기장을 들켜 버렸어
사람들에게 죽일 년이 되어야 하네
숨기고 속이는 불편한 생존

친구들은 독립운동을 하지

집을 벗어나기 위해
집이 필요해

친구는 행복 주택에 들어갔어
슬리퍼를 끌고 산책을 해
나와 내 미래는 창문 없는 방에 있지
기준에 벗어난 커플들은
대체될 게 없지

아파트 하나 주면 안 잡아먹지!

>
정상으로 가려면 어디로 가야 하나요!

정오의 팔레트는
무지개 깃털을 뽑고
페인트는 깃발을 색칠하고

경비원은 호루라기를 분다

주민들은 빗자루를 들고 달려온다
마치 깃발을 든 잔 다르크처럼

지켜야 할 것이라도 있는 듯이

무지개는 무엇을 지켜야 할까

함께 손을 잡고 커피를 마시고
미소를 나누고 진심 어린 마음으로
흔한 감정으로
누구나 느껴 봤을 보통의 사랑으로

>
우린 사랑을 하고
욕을 먹고
매를 맞고

또 사랑하고 사랑을 기다리고
손가락질을 받고 눈물을 먹고
비를 맞고 사랑을 하고

숨기고
사랑을 하고
울고 얼룩지고
비가 오고
햇살이 비치고
무지개가 뜨고

발로 밟히고 파란 피를 흘리고
또 사랑을 하고

프렌치프라이

창문에서 사람들이 튕겨 나온다
서로 부둥켜안고 환호를 지른다 어둠을 경배한다

짭짤한 하루의 소금기가 눈썹 위로 뿌려진다 저녁은 빌딩
을 채 썰어
기름 냄비 속에 넣는다

어두울수록 신이 났다 모니터에서 싹이 났다 뉴스가 푸르
게 범람한다
무성해진 잎들이 지라시를 만들었다 파랗게 질린 손톱을
팔로워가 물어뜯었다
LED에 멍들어 가는 얼굴들이 창에 매달렸다

대체로 절실한 것처럼

비대해진 입술, 여러 겹의 얼굴, 영혼 없는 인사를 하지
낮술 한잔할까?
업무 효율을 높이려면 파티션이 필요해
검은 막을 세웠지 어둡고 텅 빈 책상은 케첩을 숨겨 놓았어
붉게 흐르는 파일을 숨겨 놓았어

진한 맛 한번 볼래?

서로에게 매달린다 서로를 빨아 먹으며

흙을 던지고 진흙탕 싸움을 시작한다 빌딩을 세우려면
반칙이 필요해
냉동 감자와 생감자를 구별하는 일은 관심 없다
오직 두께의 차이

할 수 있는 것과 할 수 없는 것은 종이 한 장 차이
서류가 솟구친다
마스크를 벗고 자신을 증명하기 위해 문서를 서로의 입에
구겨 넣는다 기름 거품이 끓어오른다 기름 냄비가 타오른다
맥주 거품이 참 쓸데없어서

액정에서
얼굴이 튀겨지고
스트레인저는 잠시
허술해진다
휘핑크림을 만드는

거품기는 진심을 알까
부풀어 오르는 반죽의 이야기들
치대고 치대는

뒤통수 때리는 어떤 날
홍건한 상처로 썩어
쳐내고 쳐내는

숨고 싶니?

솔라닌만 도려내면 되는 일이 아니다
확실한 썩음을 찾아야 한다
둥글거리며
두껍고 하얗게 무른 살점을

지하로 내려간 사람들은 무엇을 봤을까

이젠 우리의 두께를 얇게 채 썰어야 한다

방 탈출 게임

여러분은 난파선에 도착했다. 고요는 흔하지 않다. 고요는 무섭다. 부서지고 깨진 흔적들이 보였다가 사라진다. 흘러 다니는 동안 문제가 발생한다. 반 토막의 나라가. 식탁을 후려친다. 껍질이 쌓인다. 라면이. 캔이. 찌그러진다. 문은 열리지 않는다. 진공 포장된 방, 등 푸른 편의점이 덮친다. 즉석 밥에. 즉석 고등어구이가 차려졌다. 훌륭하다. 어쩌다 그랬다. 방이 시작되었을 때. 여러분은 물 위를 호기롭게 미끄러져 갔다. 지느러미를 찰랑거리며. 찬란한 자소서가 깃발을 올렸다. 내부 옵션이 갖춰진, 손 하나 댈 곳 없다는 방. 방에서. 행복을. 각자의 침대에서. 부풀어 오르는 이불을 끌어안고. 문이 열리기를. 매일. 토막을 친다. 조각을 낸다. 붙잡을 수 없다. 방에서 나오면 방으로 간다. 벽이다. 비좁고 어두운 병. 빙빙 돌아가는 방, 방방 뛰어오르는 방광, 굉음을 내며 돌아가는 세탁기. 물이 넘친다. 버킷 리스트가 떠다녔고. 걸음이. 존재할 수 없다. 꼬리를 펄떡이며. 방을 나가야 한다. 다시. 산책할 수 있을지. 힘들게 달려왔던 자리가. 흔적 없이 사라지는 변방에서. 즉석 떡볶이를 먹으며. 즉석 방을 찾아. 어항 속 작은 물고기들의 주거 형태를 배워야 한다. 임대 수익만 열 올리는. 촉수의 움직임을. 거주지를 갖지 못한. 물고기들의 산란과 어두운 바다 밑에서 벌어지는 아귀다툼을. 지속 가능한 집의 자리는 설계될지. 초보자들에겐 비교적 난이도가 높은 편이다. 빈약한 구도에 갇히기 싫다면. 수면 위로 떠오르는 방법을 풀어야 한다. 당신을 만날 수 있는 집은 어디일까. 다인용 식탁에서 풍요로운 배를 풀어헤치고. 춤추는 아이의 아침을 볼 수 있을까. 새끼들을 배에 붙이고. 헤엄치는 돌고래여. 팽팽한 푸른 등에 올라. 생애 첫 계약서에 날렵한 사인을 넣을. 다정한 손가락, 그대를 통과하는 암호는.

비주얼 버추얼

천재들의 이야기는 넘쳐 나
역경이 있어야 드라마틱하지

새가 하늘에서 뚝뚝 떨어진다
바닥에는 새들의 변사체가 나뒹굴었다
새는 빌딩을 향해 날아왔다
유리에 머리가 부딪쳐 추락한다
울창한 숲이 공중에서 잠시 살았다

그러니 새벽에 거울 앞에 서지 말라는 말이지

화장실에서 몰래 먹었던 빵이 목에 걸렸어

기획사의 사물함에 이름이 적히기를 간절히 원했던 밤
단단히 머리를 묶고 몸을 레깅스 안에 구겨 넣고

난 행운아야 이제 시작인걸

어딘가에 소속된다는 것은 개새끼가 된다는 것이기도 해

\>
거울 앞에서
우리가 다 아는 매우 뻔한 일과가
모두 다 아는 트레이닝이

거울에 부딪힌 어깨는 날개를 달지 못했다
맞아 우린 새가 아니거든

밤에 홀로 남아 같은 동작을 반복해
그 춤은 허위 사실이야
날마다 나를 죽여 가고 있는
살해범이란 말이지

아무도 모르게
고독한 킬러의 동작들을 외워

춤과 헬스 필라테스 요가 영어 중국어 독후감
화장실 청소까지 (가족은 모름)
죽음의 레이싱은 시작되었다

친구들과 다리 찢기를 했지

누가 얼마나 다리를 많이 찢을 것인지
칼로 허벅지를 몰래 그었어
사지를 찢어 무대에 오르는 꿈을 꾸며

닭 가슴살을 모아 빵빵하게 가슴을 부풀리고

똑같은 하루 일과를
매일 다른 일기로 써야 하는 창작자가 되어

그녀는 비밀리에 등판했다
모든 것이 완벽해

서로 물고 뜯던 우리 연습생들은
대방출하게 되었다

피를 토하지 않아도
발성 좋고
인성 좋고
기업이 원하는 얼굴로
회사 이미지를 훼손할 일 없는

>
그녀의 등장

이제 조금만 참으면 되는데
조금만 더 가면 되는데

가까이 온 시간들을

찢어 놓고

날개는 말이지
날 수 있을 때만 필요한 게 아니야
추락할 때 얼굴을 가려야 하거든
너무 부끄러우니까

갈아타야 하니까
버추얼로 가는 길을 물어봐야 하니까
인간이 아닌 길을 가야 하니까

숲을 향해 달려갔었다
펼쳐진 나무는 완전해 보였다

\>

공기 방울처럼 사라진 세계

전달되지 않은 미래가
허공에서
찢어지고 있다

인간을 찢고 인공으로

제4부 형체도 없이 증거도 없이 공기 방울처럼

액체들

지면으로 떨어진다
푸른빛이 획을 그으면
열대우림에서 미로를 만들고
온통 검은 강과
온통 흰 강은
톱니처럼 이를 갈며
상승기류를 타고
구름 위에서

매일 쏟아지는 비
언제 도착할지 모르는 빚

건기와 우기가 교차하고
피라냐 꼬리가 회전하는
검은 강이 흐를 때
핏방울이 번지는 흰 강이 만나
섞이지 못하는 물결과
경계의 물방울과
증발하는 수평과
쉽게 잠기는 진심을

\>

심장은 전염성이 강해
반복되는 세계는
세계의 젖줄
아이와 아이들
또 아이들

미지와 이면
또 이물감
불편과 불모지와 부당한 땅

발등에 떨어진 불똥과 밤하늘의 별똥과
코끼리의 배수와 관련한
강변의 역사와
지체할 수 없는 수면의 폭락이
고래들을 탈출시키고
유유히 흐르는 저 미생물들

참는 것을 잘하는 사람과
절대 참을 수 없는 사람과
분출하는 침과

절대 기준이 없는 삶과

하고픈 이야기가 많아 절대 멈출 수 없는
분노의 바다

쏟아지는 빛 속에서 전기 버스를 타고

계절이 과열되었지만
우리는 차갑고 날카로웠다

검은 연기에서 사람들이 떨어진다
시간이 없으므로 떨어지는 사람을
밟으며 걸어간다
죽은 새의 깃털로 파고드는 기침
어디론가 떠나고 남은 빈집들

가로수 옆을 달리며
세계는 오염의 경로를 통과한다

나뭇잎을 쓸어 내는 창밖의 풍경은
볼 수 없다
쓰레기로 빈집들이 채워졌고
편의점 앞에서 버스에 오르는 사람들
전기 버스는 느리게 출발하고

조급한 마음은 깡통을 덮친다
요란하게 굴러가는 캔 음료

열매가 필요 없는 순간이
더욱 빠르게
계속해서 대안을 찾으며
가볍게 지나치며

사람을 믿는 어리석음을
인공 심장이 해결해 주었다

강물로 버려지는 사람들의 심장
열매를 기다리는 시간을 단축하고
엔진의 속도감이 사람들을
떨어뜨렸지

습관이 재난으로 닥치기까지

아무것도 실천하지 않으며
세상이 바뀌기를 바라던 마음

부끄러움과 마주치는 순간

>
태양광 지붕이 언덕의 각도로
빛을 받아 내고 있다
창밖은 느리게 흘러간다

부서지는 은빛이 떨어지는 사람들을
받아 내고 있다

우리들은 전기 버스를 타고
잔물결처럼 반짝였다

광폭한 태양의 방향을 따라
우주와 연결되기를
양분을 얻은 나뭇잎처럼

작고 어리지 않다는 것을

숲이 되지 않는 나무는 없는 것처럼

버블 컬렉션

모자를 눌러쓴 사람들이
사라지게 하는 마술을 부린다

버블 머신에서 비누 거품이 뿜어진다
커다란 비눗방울은 대량으로
떠오르고
고깔모자를 쓰고 쿠키를 들고
아기들은 비누 거품을 따라

관람자는 즐거운 비명을 터트린다

숨바꼭질 놀이와
까르르 웃다가 넘어지고
일으켜 세운 어른을 따라
아이스크림처럼 흘러내리는
한낮의 분수대를 지나
강변의 잔디와 야외 수영장을 지나

어딘가로 이동되고 있다

>
푸른 꽃으로 피어난다

마냥 즐겁던 웃음소리가
물방울처럼 맑던 눈동자가
아파트 화단의
넘어가지 말라는 팻말 위로

떠오른다

어두운 골목으로
지하철 화장실로
학교 운동장을 가로질러

가까운 곳에서 우리 곁에서

온전한 것처럼 떠다니고
관람자는 샴페인을 터트린다

음악이 바뀌고

손을 잡아 주던 어른은 보이지 않고
무대 위에서 발가벗긴 몸이 전시됐지

우연히 마주한 세상에서
하얀 이불에 싸였다가

검은 봉지에 갇히기까지

모자를 눌러쓴 사람들을 따라
주먹이 날아오고 밟히기까지

너무 가벼워서 가여워서

안전하다고 느끼는 이곳에서
붉은 탯줄이 흘러내리고
사라지는 아기들을 찾아
관람자는 플래시를 터트린다

얇은 막에 둘러싸인 미래가

>

금방 사라지게 하여 미안해서

쉽게 터지는 세계의 끝에서

인스타 핫 플레이스 명동역

남산 케이블카에서 만나
주말 6시에 왕돈가스가 튀겨진다
바삭한 데이트는 성벽 돌계단에서
우린 영원히 묶였어
자물쇠로 우리의 사랑을 봉인한다
플래시가 요동치는 맛집
달달한 눈빛이 명동의 밤거리를 기록하고
성당의 촛불처럼 휘어지자 굿 스타트
길과 길이 아닌 길과 무수한 길을 내고
국적 불문의 우정을 팔로우한다
첫눈이 내려요
손바닥에 그대가 있어요
우리 함께 녹아요
버킷 리스트에 소박한 문장을 적고
남준이가 찍은 서울 뷰를 지나며
구름 치즈를 타고 아틀란티스를 향해
추억은 금융으로 바뀌고

비인칭

비가 쏟아진다. 이름들이 쏟아진다. 밟힌다. 얼굴 없는 사람들. 사라지는 사람들. 우연히 사람이 된 사람들이 필연적으로 살아가려고. 그것의 뒷모습에 직면했을 때, 그것은 사라지고 만다. 사라지는 것 사이 사라질 슬픔은 비구름이 되어 걸어가네. 그것은 원래부터 없었는데 있다고 믿는 감각으로 내내 피로하다. 관념적인 것과 감각적인 것의 차이는 만져지지 않는 구름과 보이는 구름의 차이. 관념적이지 않은 것이 뭐가 있다고. 빗방울이 떨어지는 것도 얼마나 관념적인가. 무한히 빼앗기고 좌절당하는 이름들. 하늘에서 이름들이 떨어진다. 지붕 위에. 손바닥 위로. 의연하게. 땅바닥으로 무난히 착지한다. 침입자로부터 그것은 아무것도 없는 것이 되었으나 언제나 있는 것처럼 마구 짓밟혔고. 그것은 그것이라고 명명되지 못하고 그것이 되어야 하는 운명. 재앙의 껍질처럼 뒹굴지. 탄생의 비밀은 빗방울의 단면처럼 은밀하게 산발적으로. 약속되었던 질서 앞에서 간곡히 엎드려야 돼. 유령처럼 가만히 있어야지. 비가 쏟아지는 날은 유령들도 자유롭지 않지. 비 맞은 유령은 폼 나지 않으니까 거주지를 소유하려는 세상이니까. 밟히지 않으려고. 흙탕물이 되지 않으려고. 투명한 표정으로 강물이 되기까지. 필요하지 않아도 바람이 분다. 우연히 그것이 되어 필연적으로 없음을 유지해야 돼. 아무 뜻 없는 것들이 뜻이 되는 순간을 위해. 이름을 찾아서. 최초의 지시어를 찾아서. 꽃이 되려고. 우연히 꽃잎이 되어 빗방울을 삼키려고. 여백을 기다리네. 빗방울은 너무 많아서. 아주 많아서. 아주 많은 것은 아무것도 없는 것이어서.

청소 물고기는 식물인간

1
수영을 하지 못한다
물이 무서워서
출렁이는 것이 두려워서
바닥에 납작 엎드려
가라앉지 않는 먼지들과
떠다니는 무례함을
휴지로 입을 틀어막고
못 본 듯이
죽은 듯이
창문 없는 골판지에서
박스를 깔고
빵을 먹으며

2
형광색 지느러미를 본다 반짝이는 꼬리가 우아하게 물결
을 빠져나가는 매끈한 허리와 눈썹으로 물방울을 튕기며 입
술을 윤기 나는 이마와 수풀 사이를 지시하며 그들이 먹이
를 뺏고 쓰레기 인간이 되는 골치 아픈 수족관에서

\>
−1
흰 바닥을 향해 죽도록 닦는다

결국 죽었지

죽도록 했으니 죽는 게 당연하다고
그들이 빠르게 덮자고 한다
박스를 덮어 보았으니
덮는 거 선수 아니냐고

바닥에 사료를 던져 주고
그 정도면 되지 않겠냐고
조용히 넘어가자고
깨끗이 입 닦자고
닦는 거 선수 아니냐고

반려 생활

꼬리가 바글대는 소란한 날에
베이글을 먹어요
구멍 난 하루를 비글이 물어뜯네요
물어뜯긴 만큼의 사료를 감량하고요
방향이 정해진 산책을 합니다
예쁜 이름을 찾고 있어요
이름을 짓지 못해 호명하지 못합니다
개는 원을 돌아요
꼬리의 꼬리를 물고 되돌리기를 반복해요
그러다가 훌쩍 울타리를 벗어나고
새로운 영역에는 똥이 답인가요
사람들은 기다려를 외쳐요
구멍 안에서 예쁜 이름을 찾았는데
개가 없네요
울타리를 벗어난 개는 애완이 어울리지 않아요
애완을 찾으러 갑니다
새로운 개를 발견했어요
귀가 늘어진 개는 말귀를 못 알아들어요
궤변을 늘어놓아요
딴소리를 물어뜯어요

둘레 길에 데려갑니다
정답지 못한 산책을 해요
오르지 못할 곳을 향해 컹컹 짖어요
나무를 오르다 미끄러져요
개를 버리고 귀를 버리고 혼자 집으로 와요
예쁜 이름과 어울리는 개를 검색해요
개보다 이름이 애완입니다
집에는 반송된 이름들이 돌아오고요
또 개를 버려도 개는 돌아오고요
미완의 하루는 꼬리에 꼬리를 물고
한 번도 나를 증명할 수 없어요

첫 구매 무료 배송 + 94% 할인

샤인 머스캣 한 송이 17,800원 → 1,000원

샤인 머스캣은 원래 일본이 원산지다 한국에서 더 인기 있어 해외 수출이 많아졌고 일본이 배가 아파한다는 글을 읽었다 연두 빛깔의 상큼한 샤인 머스캣을 볼 때면 일론 머스크가 떠오른다 세계 최고 부자가 자꾸 포도와 결합하여 샤인 머스크가 되었다가 일론 머스캣이 되기도 한다 머리가 나쁘냐고 하겠지만 머스크가 세상과 뒤죽박죽으로 잘 섞였으면 하는 바람이 있다 테슬라의 주가 폭등으로 전기의자에 앉아 짜릿함을 맛보고 싶다 개미보다 못한 먼지에 불과한 저녁 테슬라를 크게 외칠 수밖에 없다 테라와 이슬을 섞어 마신다 그가 최고 부자라는 이유와 내가 가난한 이유의 거리가 94% 할인하여 최소의 거리로 좁혀진다면 전기 충격기에 앉을 수도 있을 텐데 이것은 없는 자의 푸념은 아니고 다만 부자와 포도를 구분하지 못하는 나의 머리가 나쁘다는 명백한 사실을 고백함이다 누군가는 아이디어를 누군가는 생산성에 집중을 하며 생각만으로는 선택도 못 한다는 사실에 주린이가 개미와 손잡고 땅굴을 판다 멈추지 않는 선택들이 전 재산을 날리고 인생은 한 방이라는 새콤달콤한 한 방울이 간을 녹이다

미슐랭

먹방이 추천한 맛집을 찾아간다
길은 우리를 돌게 한다
우리는 배달 음식에 질렸고
집밥에는 더욱 질렸으니까
젓가락이 갈 곳 없이 길을 잃었다
밥상머리 교육이라고 아버지는 말한다
쩝쩝 밥맛이 없다
밥알 튀는 잔소리와
그것조차 없는 혼밥의 스토리를 감추고
연출 샷을 올린다
어떤 블로그에서 보았던 사진들처럼
유명 맛집이라 맛이 없어도 괜찮다
비싼 음식이라 맛없는 감각도 배운다
오랜 잔소리를 가진 집밥과
오랜 전통을 가진 맛슐랭의 평가전은
역시 비주얼 깡패가 승자인 것
폭탄 계산서를 주머니에 넣고
집밥에 별점을 주려면 다시 태어나야 한다
돌고 도는 길 위에서
믿을 수 있는 것은 별점 뿐이기에

그들만의 빌리지

서당 개 3년이면 서당 명의는 개 명의로 바뀐다
줍줍
금수저를 입에 물고 땅을 판다
천 원짜리 묘목이 단박에 6만 원이 되는
비밀의 땅을
ㄴ ㅔ ㄴ ㅔ 내 돈을 들여 산다

"저희 서당은 일부 들개 출신의 서당 개 투기 의혹으로 큰
충격과 실망을 드려 죄송합니다"

미리 사과문을 발표하여 광명을 찾으려 한다

무엇이든 면적을 재는 일에 일가견이 있는
견들은 허공을 보고도 땅을 사고
공공 기관들은 가볍고 가벼워
하늘에서 거주 중이라
주거 안정은 땅의 일이므로
ㄴ ㅔ ㄴ ㅔ 내 돈과는 무관하다고

집도 없는 들개들은 태어나며 적응한 터라 불편도 모르더라

개는 분양하는 일에 전념한다
서당 개는 애완견이 되어 꼬리를 흔들며
핥아 주고 빨아 주고
아는 사람만 다 아는 분양을

생애 최초 구매가 노후에 이루어지는
과분하고
고마운 일이

쓰리 샷

편의점이 알바생을 먹는다. 곧 사라질 알바생이 고객의 카드를 기다린다. 바코드가 구원해 줄 것처럼. 고객은 없는 물건을 찾는다. 알바생은 바코드를 밟는다. 밑줄을 밟았으니 술래가 돼야지. 눈을 가린 술래는 물건을 찾는다. 고객은 테이블에 앉았다. 알바생은 열심히 찾는다. 그래, 찾는다는 것은 희망이 올 것처럼 착각하게 만들지. 잔혹한 물건들은 1회 제공량이다. 한낮의 햇살도 적당량만 비추고 달아난다. 고객이 사발면에 물을 붓고 기다리는 동안 삼각 김밥을 뜯는다. 비닐을 벗기는 순서가 정해졌다. 쉬워 보인다. 고객은 마음대로 뜯는다.

숫자는 결코 쉽지 않았다.
언제나 1, 2, 3등까지만 우대하는
비닐과 김은 서로 엉겨 붙어 싸웠다.

김은 밥을 감싸 안지 않았다. 삼각 김밥의 처세술이란 참 불편한 진실. 알바생은 최저 시급의 둘레에서 날짜 지난 도시락을 찾는다. 먹고 싶은 게살 크림 스파게티와 흑당 밀크티는 3시간만 버티면 된다.

138

>

인생은 존나게 버티면 된다는 거.

날짜 지난 아이는 투명한 유리창 안을 본다. 어제도 내일
도 있었던 아이는 유리창에 코를 납작하게 밀어붙인다. 돼
지바를 먹고 싶니. 우린 모두 돼지야. 지갑을 보았구나, 카
드는 참 쉬워. 쉬운 사람 딱 질색이라던 고객은 쉽게 껍질
을 버리지. 바닥에 버려진 알바생이 밟힌다. 떨어진 면발
처럼 짓이겨진다.

라면 국물의 온기는 아이를 따뜻하게 할까.
바라본다는 것은 따뜻해질 것처럼 착각하게 만들어.

골목에서 사발면이 식는다. 아이도 찾고 싶은 것이 있을
까. 1인용 용기가 버틴다. 마치 무엇이 될 수 있듯이. 배고
픈 1인칭은 3인칭을 버틴다. 무엇이 되는 것처럼, 무엇도
되지 않았던. 삼각 김밥의 안정된 구도로 서로가 넘어지지
않는다면. 편의점이 알바생을 먹어 치우지 않는다면.

무엇이 되지 않아도,

마리모* 키우기
—윤희에게

얼음을 넣은 수조에는
오래전부터 행성 하나가 침몰해 있다

어느 별에서 왔는지
우주의 시간을 벗어난 눈물방울

피부는 푸른 녹조로 덮이고
움직이지 않는 지독한 고집이
신경과민에 걸린 질경이풀과
풀 수 없는 실타래처럼

조각난 기호들이 가라앉아 있다

녹색 유령은 몹시 예민해 보이고
또는 몹시 둔탁해 보여서
세상과 무관하고 무해한 정적

가라앉기 전
동생은 똑똑하고 예뻤다

\>

아무하고도 말하지 않는 세계에는

학교가 범람하고 학교가 들끓었다

동그랗게 조각난 신체
언제 어떻게 터질지 모르는 폭탄으로
어느 날 갑자기 증발할 것 같은
공기 방울처럼

일어나
눈을 떠

매일 악을 쓰며 깨워 보지만
들리지 않는 저 문의 뒷편
언니의 외침은
무능한 금붕어의 배설물과도 같고

학교를 부수고
수면 위로 떠오르기를

• 마리모: 공 모양을 한 녹조류이며 반려 식물.

온기의 발생

양지를 찾고 있었죠
멀어진 봄과 오해를 파고
죽었다던 이해의 골방에 누워
흙을 덮자
감정의 겹을 열어 우리의 밤을 폭로하자
귀를 막고 휘청일 때
무엇이든 열리는 순간을 기다리자
견디고 버틴 시간은 별이 되었으니
오래도록 희미했다고 없는 것은 아니듯이
당신 잘못이 아닙니다
몇 번이고 되돌아와야 길이 선명해질 테니
제자리를 지킨다는 것이 적당한 거리를 유지하는 것
뿌리를 지나가는 물의 대화를
애써 끌어오지 말아야지
떨어지는 꽃잎에도 시절이 있었으니
낮은 곳에 피었다고 이름이 없는 것은 아니듯이
먼 곳에서 온 꽃이다
밀어냈던 밤들은 오라
이제 흔들리지 않아도 향기는 얼마나 가까운지

해 설

우리 앞에 작은 구원; 액체성 인간-되기

박성준(시인, 문학평론가)

조각난 세계의 손

우리에게 "아무도 죽지 않는 날", "통증 없는 날"(「식욕의 자세」)이 존재할 수 있을까. 어쩌면 살아가는 일이란 "누군가는 전부를 걸어야 하고/ 누군가는 전부를 조작해야 하"(「하얀 시트에 둘러싸여」)는 '시스템'을 횡단하는 일이다. 그 때문에 우리에게 주어진 "미완의 하루는 꼬리에 꼬리를 물"(「반려생활」)어도 제대로 나 하나 증명해 낼 수 없는 참혹함의 연속일 때가 많다. 그래서일까. 최규리 시인의 첫 시집 『질문은 나를 위반한다』는 잘 구축된 세계의 질서를 위반하려는 부정의 시학에서부터 출발한 바 있다. 질서 이면에 도사리고 있는 현실들을 기능이 사라진 언어로 복권해 내면서, 일그러진 일상의 "그로테스크 미학"(심은섭)을 형상화하려고 안간힘을 써 냈다.

그렇다면 "우리가 다 아는 매우 뻔한 일과"와 "모두 다 아는 트레이닝"(『비주얼 버추얼』)에 대한 관심은 어디서부터 비롯된 것일까. 물론 이 또한 첫 시집에서부터 기획된 시인의 "늘 이동하는 사고가 만들어 낸 결과물"(심은섭)이라 할 수 있겠으나, 나와 타자, 우리라는 곁을 독해하고 그 자리에서 다른 희망을 논하겠다는 견지의 자세가 어쩌면 이제 이 시인에게는 지독해 보이기까지 한다. 우선 이 세계에서 존재를 온전하게 인지하기에는 세계가 너무 조각나 있다는 것을 논해야겠다.

가령 각을 유지하고 있는 보도블록이 "같은 규격으로 공정한 것처럼"(『음파』) 우리가 딛고 있는 이 길은 잘 빚어진 세계인 듯 우리를 착각에 빠뜨리고 있다. 하지만, 우리가 사는 세계는 이미 의미 바깥에서만 잠시 반짝이고 사라지는 세계이다. 그 때문에 길을 뒤엎어 버리는 "보도블록 공사"는 여전히 한창이고, "일정하게 거리는 잘"리고 무너진다. 그 길에서 우리는 "균등해지려고/ 매끄러워지려고// 규칙적으로 밀려"(『음파』)나가기까지 한다. 그렇게 어떤 일정한 질서에 편승되는 것이다. 이쯤 되면 최규리가 감지하는 세계는 잘 구축된 폐허에 가까운 곳일 수밖에 없다. 그리고 그의 두 번째 시집 『인간 사슬』이 다시 우리 앞에 놓여 있다.

인간의 탄생은 손에 있다. 손은 행복했고 따뜻했어. 손과 손의 결합으로. 손에 이끌려 학원을 가고. 손으로 회사 출입문을 해제하고. 손으로 뺨을 얻어맞으며 손을 잃고 주먹을 얻어. 땅따먹기 놀이에 빠진 세계.

…(중략)…

다만, 노래하는 새와 포옹할래요.
발트의 신발을 구름에 묶어 두면 좋지 않을까요
어디든 자유롭게

지구는 누구의 것도 아니므로
누구의 것으로 만들려는 이들로부터

—「페스티벌」부분

『인간 사슬』의 표제작 격인 인용 시는 인간 탄생의 과정을
"손"에서 찾는다. 물론 여기서 표상되는 "손"은 시 전문에서
도 드러나듯 엄마의 손을 뿌리치고 놀던 아기가 넘어졌다 일
어설 때 땅을 딛는 손만을 의미하는 것은 아니다. 네발로 기
어 다니던 유인원이 앞발을 손으로 사용하면서 인류는 진화
를 거쳤고, 직립이 시작되었으며 그렇게 인간 사회의 '관계-
질서'가 형성되는 시발점이 되었다. 그러니 인류는 그런 "손"
에서부터 시작된 셈이다. 그러나 인간의 손이 좌절을 딛고
일어서거나 성장하는 데에 도움을 주는 용도로만 사용되지
않았던 것은 이미 주지된 사실이다. 누군가의 손에 이끌려
'손과 손이 결합할' 때마다 우리는 사회화 과정을 겪어 왔으
며, 자본의 노예가 되기도 하고("회사 출입문을 해제") 서로가 서

로를 공격하는("손으로 뺨을 얻어맞으며") 문명을 얻기도 하였다. 그렇게 "손을 잃고 주먹"을 가지게 되었으며, 그 손으로 서로의 이권과 이해관계에 따라 살육도 마다하지 않는 전쟁의 세계("땅따먹기 놀이에 빠진 세계")로 추락하게 되었다. 상생이 아니라 비윤리를 세속화하는 일이 당연시되는 현실인 것이다.

그러나 "새롭게 개장한 광화문 광장"에서 시작된 이 '축제'는 실상 '페스티벌Festival'이라기 보다는 '카니발Carnival'에 가깝다. 카니발은 서구 기독교 사회에서 사순절 직전에 치러지는 축제로, 계절이 이행되는 시점에서 사회질서나 특권계급을 비웃는 민중적 농경의례의 성격을 갖고 발전되어 왔다. 이 축제 기간에는 특별한 언어나 몸짓, 과장된 의상과 장식 등을 사용하여 기존 사회의 이데올로기를 비꼬는 웃음을 자아내기도 했는데, 이러한 민중의 유쾌한 정수는 카니발적 '그로테스크 리얼리즘'의 양식과 연동되어, 종국에는 '문학적 카니발의 완성'(바흐친)을 이루기도 한다. 이는 서구 사회에서 일종의 '독백적 권위주의를 파괴'(테리 이글턴)하는 관습이었으며, 더 나아가 이런 전복의 양태는 인간 사회의 윤리적 위반을 세속화하는 기능을 수행한다. 최규리의 풍자와 조롱은 우리도 모르는 사이에 우리의 삶을 침식시키고 있는 "조각난 기호들"("마리모 키우기」)를 끌어모아, "살기 위해 냉혈 인간이 되는 것도 생존"("화이트 아웃」)이라는 불편한 삶의 진실을 폭로하고 있다. 그러나 그 폭로의 이유는 바흐친이 말한 바와 같이 지위나 역할 전도의 역전을 통해 '또 다른 재생의 삶'을 기획하는 하나의 전략이 아니었을까.

광화문의 일화가 "발트의 신발을 구름에 묶어 두"는 일이
나 "노래하는 새와 포옹"하는 것으로 병치되고 있는 점만 보
아도 그렇다. 여기서 '발트'는 에스토니아와 라트비아, 리투
아니아 등 발트해 연안 3개 공화국 주민 200만 명이 손을 맞
잡고 기도를 올린 600㎞의 거대한 인간 사슬의 띠를 지칭한
다. 1989년 8월 소련으로부터의 분리·독립을 요구하고 자
유를 갈구하는 염원이 담긴 비폭력 투쟁이자 축제였던 사건
이다. 아기가 손으로 땅을 짚고 일어난 단순한 순간의 일화
가 좌우 이념의 세계에서 자유를 갈망하는 기표로 격상되고
있는 형국이다. 여기서 시적 자아가 전제로 두고 있는 정동
은 "지구는 누구의 것도 아니므로/ 누구의 것으로 만들려는
이들로부터" 끝끝내 구원해야겠다는 강한 의지의 표명이라
할 수 있다. 인간이 저 자신의 손을 사용해 자행한 폭력을 다
시 생명성의 원천으로 복권하겠다는 결의이다.
　　그러기 위해서는 "맹목적인 날들을 멈추고/ 다르게 살
고 싶은 나에게/ 이제껏 본 적 없는 당신을 향해 손을 뻗"
고, "내 안에 있던 나에게로"(모자이크 증후군) 회귀해야
만 한다. 그러니까 최규리의 『인간 사슬』은 시원의 회귀와
'지금 여기'의 구원을 전망하면서. 흩어지고 절단된 세계에
대한 거부권을 행사하는 기획에서부터 시작된다. 그러니 현
재의 아픈 통점을 더 자세히 보기 위해 돋보기를 가져다 댈
수밖에 없는 일이다.

기형을 횡단하는 분노

  선술하자면, 최규리가 견지하는 굴절된 세계는 나에서부터 타자로, 타자에서부터 일그러진 가족사로, 그리고 가족 해체 이후의 사회(집단)의 해체로 이행된다. 특히 자아의 절대화된 타자이자 생애 첫 타자인 가족에 대한 서사적 알레고리는 시인의 기형적인 유년기를 가늠하게 한다. "믿을 만한 것이 믿을 만해서인지 아니면 믿을 만한 것으로 만들어야 하는지 믿을 것이 없어서 믿어야 하는지/ 눈에 보이는 것이 온통 새하얀 거짓말이라면 거짓말도 생존일까"(「화이트 아웃」)라고 되뇌는 질문처럼, 시적 자아에게 인지된 현실이 전부 거짓뿐이라면 자신을 참되게 하는 서사는 자신이 겪어 낸 기억뿐일 수밖에 없다. 그러나 그 기억조차도 엉켜 있거나 일그러진 군상이라면, 다음과 같은 가족 서사들이 그 토대를 마련했을 것이다.

  옷이 작아져서
  신발이 작아져서
  더 이상 가족을 가질 수 없다
  …(중략)…
  지능을 반납하는 기분으로
  부족해져야만 한다
  아무것도 못 하는 사람이 되자
  …(중략)…

마녀를 데려오자
백설공주를 쓰러뜨릴래
난쟁이 타운으로 오세요
도끼는 무상 지원
사과는 무한 리필

—「보호 종료」 부분

 늘 그래 왔듯이 태양초 고춧가루를 만들어야 하는 의무
에 차 있다 고추의 명령을 수행한다 그저 삶의 본분이라고
눈을 감는다 빛은 은색 돗자리로 모여들었다가 반사한다 엄
마는 눈을 뜨지 못한다 고추를 엎치락뒤치락 고루 뒤집는다
고추를 뒤집고 만져 줘도 불만이 많다 딸은 내버려 두라 한
다 엄마는 내버려 두면 고추가 썩는다고 한다 고추가 혼자
할 수 있는 것은 썩는 일뿐이다 엄마가 아니면 몸 하나 뒤집
지 못하는 고추는 물이 찬다 흐르지 못하고 고이는 생각이
성큼 썩어 간다 엄마는 눈이 멀고 속이 썩어도 반짝이는 것
을 좋아한다 반짝이는 돗자리에 누워 자고 은색 돗자리를
몸에 두르고 파티를 한다 옥상에서 파티를 한다 빛은 찬란
한 것이 아니라 착란하다 딸은 손으로 빛을 가리고 엄마를
일으켜 세운다 고추는 이제 필요 없다고 김장은 하지 않겠
다고 다짐한다 입맛은 변하고 세상은 맛있는 것으로 가득하
다고 고추를 말리는 노동은 이제 멈추라고

—「고추가 썩어도 괜찮아」 부분

「보호 종료」에서 "옷이 작아져서/ 신발이 작아져서/ 더 이상 가족을 가질 수 없다"는 진술은 시적 자아가 작아져야만 하는 절대적 이유를 만든다. 내가 같이 작아지지 않으면 신발과 옷이 맞지 않고, 이 '축소된 세계'에서 나는 벌거숭이가 될 수밖에 없다. 벌거숭이가 된다는 것은 무엇인가. 원초적 상태로 돌아간다는 것. 내가 다시 작아져서 존재가 아닌 상태로 퇴행한다는 것이다. 아담과 이브가 선악과를 탐한 이후 서로의 몸을 가리기 바빴던 성서의 메타포처럼, 축소된 세계에서 벌거숭이가 된 나는 나의 기원 이전의 상태를 경험하려고 한다. 그러므로 자아는 "지능을 반납하는 기분으로" 더 부족해지고, "아무것도 못 하는 사람"이 되어야만 가족의 일원이 될 수 있고, 공동체(세계)의 구성원이 될 수 있다. 이는 세계를 변형하겠다는 것이 아니라 내 몸을 세계에 맞추겠다는 방증이다. 그러니 여기서의 나는 객체화된 나이며 내가 "할 수 있는 것과 할 수 없는 것"(「프렌치프라이」)을 구분할 줄 모르는 내가 된다.

다시 말해 이 정황에서는 윤리적 선악 구도가 발생하지 않는다. 인간(자아)의 폭력성은 이렇게 산출되는 것이다. 스스로를 부족한 자, 가족 없는 고아, 벌거숭이, 난쟁이로 변형해 지칭하면서 시적 자아 또한 정언 윤리가 없어진 무위의 상태로 진입한다. 아니 더 정확히 말하면, 윤리를 위반하기 위한 폭력성을 띤 자아로 거듭난다. 마녀를 데려온다든가, 백설공주를 도끼로 쓰러뜨리고 독이 든 사과를 "무한 리필" 하겠다는 행위태가 그것이다. 위반과 전위의 세속화는 이처럼 "보호 종료"상태를 지속하는 가운데 자아 속에 내재된 폭력성을 드러내는 데 일조한다.

그러나 이런 세계에 대한 폭력적 성향이 비윤리적이거나 반윤리적이라고만 지칭할 수는 없다. 수잔 손택은 "우리가 보여 주는 연민은 우리의 무능력함뿐만 아니라 우리의 무고함도 증명해" 준다고 말한다. 아담과 이브가 에덴을 떠난 사건이 사과를 탐한 것 때문이라면 그것은 역설적으로 지상에서의 인류 문명의 시작을 알리는 메타포일 수 있다. 백설공주 또한 독이 든 사과를 먹지 않았더라면, 자신의 본래 자리를 찾을 수 없는 미결정의 상태를 지속할 수밖에 없었을 것이다. 이렇게 성장과 다음 단계로의 이행이란 '폐허와 불안에 친숙해지는 일'(수잔 손택)에서부터 시작되는 것이다. 그러므로 시인은 어떤 삶에 대해 무능력하게 연민하지 않고, 그곳을 횡단하며 폭력적 자아를 소환해 내는 전략을 택한다.

「고추가 썩어도 괜찮아」의 독해 방식도 유사하다. "혼자 할 수 있는 것은 썩는 일뿐"이라는 고추는 엄마가 없으면 아무것도 할 수 없는 쓸모없는 존재가 되었다. 여기서 '고추'는 힘없고 쇠약해진 아버지에 대한 메타포로 읽히기도 하고, 더는 군림할 수 없는 무너진 상징—질서의 기표로 읽히기도 한다. "가슴에 속물은 다 빠져나가고 손끝에는 피가 멈추지 않는"(「과도한 희생」) 세월을 살아온 어머니는 어떤 희생도 마다하지 않고 가정을 지켰고, "아버지의 아버지로부터/ 물려받은"(「빙수의 유래」) 전대의 삶의 양식을 개선하거나 바꾸려고 하지도 않고 이제까지 살아왔다. 그런 어머니는 아직도 "고

추의 명령을 수행"하고 있으며 그것이 "그저 삶의 본분"이라
고 믿고 있는 듯하다. 여기서 주목할 점은 어머니를 바라보
고 있는 딸의 입장이다. 딸은 고추를 "내버려 두라"고 어머
니를 달래 보지만 어머니는 그 말을 듣지 않고 자신이 평생
허상으로 믿고 있던 질서를 맹신하고 있다. 딸은 아버지에
게 더는 희생하며 살지 말라고 말하는데 어머니는 그런 아버
지를 여전히 연민한다. 이 시에서 아버지가 가정 내에 어떤
폭력을 행사했는지 드러나지 않았지만, 분명한 것은 어머니
는 끝까지 아버지에게 돌봄 노동을 행사함으로써 더 무고해
졌다는 것이다. 딸은 그런 어머니에게서 무엇을 배우고 무
엇을 넘어서려고 했을까.

　　물론 여기서의 모녀의 관계는 "같이 죽자고/ 집이란 게
참 겁나// 일기장을 들켜 버렸어/ 사람들에게 죽일 년이 되
어야 하네/ 숨기고 속이는 불편한 생존"(「정오의 팔레트는 무지
개 깃털을 뽑고」)과 같은 구절처럼, 끔찍한 가정 내 시간을 경
험하고 공유해 본 공동 피해자이기도 하다. 그러니 딸이
"손으로 빛을 가리고 엄마를 일으켜 세운다"라는 진술은 더
는 이런 삶의 사이클에 편승하지 않겠다는 선언과도 같다.
"입맛은 변하고 세상은 맛있는 것으로 가득하다"라는 말로
어머니를 설득할 수 있을지는 모르겠지만, 혹은 말리던 고
추가 썩어 영영 쓸모없어질지도 모르겠지만, 딸은 이곳의
폭력을 정지시키기 위해 아버지(질서)를 죽이는 또 다른 폭력
을 선택한다. 그것만이 이곳의 폐허를 멈추고 다음으로 이
행하는 일이라고 믿고 있기 때문이다.

이와 같은 맥락에서 「비인간 인격체」에서는 "종이 인형을 오리듯이/ 아이를 오린다"며 규격에 맞게 재단되는 삶을 비꼬기도 했다가, "인간도 아닌 인간에 대한/ 인간적 마음으로" 주어진 세계를 횡단하겠다고 선언하기도 한다. 그뿐만 아니다. 「간의 능력」에서는 귀토설화를 경유하여, "간을 빼 두고 다니는 토끼를 믿으며/ In 간은 천적으로부터 피해 다니"는 정황을 불러오기도 하고, 「양치기 소녀는 자라서 소설가가 되었다」에서는 다단계와 같은 현실의 질곡을 "성공한 삶이란 친구들과 함께 발기발기발기발기발기발기발기 집을 찢어 먹는 것"이라 풍자하기도 한다. 다시 말해, 그릇된 오이디푸스 콤플렉스가 형성하고 있는 상징계 질서에 대해 시적 자아는 분노를 감추지 않으면서, 그 질서에 철저히 거부권을 행사하겠다는 심사를 내비친다. 그래야만 "별것 아닌 것들이 시간의 순서대로 자리 잡고 있으니 별것이"(「꼼짝하지 않는 꼼짝」) 된다는 기형적 세계를 건너갈 수 있다. 물론 그 과정에서 폭력적 응대는 불가피했던 것이다.

"인간을 찢고 인공으로"

그렇다면 질서가 사라진 이후의 삶과 세계는 어떤 모습일까. 아니, 먼저 우리는 자본의 질서 바깥에서 사유하는 일이 가능하기는 할까.

주린이가 개미와 손잡고 땅굴을 판다 멈추지 않는 선택들
이 전 재산을 날리고 인생은 한 방이라는 새콤달콤한 한 방
울이 간을 녹이다
—「첫 구매 무료배송 + 94% 할인」부분

아틀란티스를 향해
추억은 금융으로 바뀌고
—「인스타 핫 플레이스 명동역」부분

천 원짜리 묘목이 단박에 6만 원이 되는
비밀의 땅을
—「그들만의 빌리지」부분

집밥에 별점을 주려면 다시 태어나야 한다
돌고 도는 길 위에서
믿을 수 있는 것은 별점 뿐이기에
—「미슐랭」부분

좋아하지 않는 일을 억지로 하지 않도록 보장해 달라고.
떼를 쓴다. 머리를 맞은 사람이 사과한다. 지하철은 붐비
고 밀치고 만지고 아무것도 보장하지 않는 곳이라며. 행복
추구권을 지켜 주겠다고. 엉엉 울고 멍멍 짖고.
—「타자 연습을 하는 부엉이」부분

인용 시「첫 구매 무료 배송 + 94% 할인」「그들만의 빌

154

리지」「인스타 핫 플레이스 명동역」「미슐랭」 등은 황금만
능주의가 만연한 물신 지옥의 삶을 형상화한다. 대다수 개
미는 큰돈을 벌기 위해 주식을 시작하지만 전 재산을 탕진
하기 일쑤고, 추억이나 감흥이 있던 공간들은 고공 행진
하는 부동산 시세에 따라 "금융으로 바"뀌는 일이 비일비
재한 세상이다. "천 원짜리 묘목이 단박에 6만 원이 되는
/ 비밀의 땅"에 대한 정보를 빼낸 관련 기관 공무원들의 비리
가 신문 사회면에는 빈번히 등장하고, 투기하지 않고 온전
히 노동의 대가로 부를 축적하려는 사람은 바보가 되는 세상
이기도 하다. "붐비고 밀치고 만지고 아무것도 보장하지 않
는 곳"에서 "믿을 수 있는 것은 별점 뿐"이라고 믿는 반−인
류가 살아가는 곳. 그곳이 '지금 여기'이다. "좋아하지 않는
일을 억지로 하지 않도록 보장해 달라고. 떼를" 쓰며, 도무
지 불가능한 일에 "엉엉 울고 멍멍 짖"어도, 여전히 변하는
것이 없다면, 시인이 구사하려고 했던 '축제로서의 언어'(바
흐친) 또한 훼손당할 수밖에 없는 일이다.

그러니 이쯤 되면, 우리가 살아가는 세상의 축제는 카니
발Carnival이 아니라 '동족 포식'을 지칭하는 카니발리즘Can-
nibalism과 다름이 없다. 서로 죽이고 싸우고 뜯어 먹어도 성
에 차지 않는 세계의 낭자함이 시집 곳곳에 도사리고 있다.
아울러 시인이 이번 시집에서 말놀이를 빈번하게 하는 연유
또한 이와 같은 맥락일 수 있다. 대상을 온전히 그려 낼 수
도, 담아 낼 수도 없는 이 세계는 '언어의 무능'으로 먼저 현
시되는 것이다. 그래서 최규리의 언어는 본능적으로 미끄러

지려고 하고, 그렇게 계속 미끄러지다가 존재에 가 닿지 못하고 종국에는 분노로 기울거나, 무의미하고 권태롭고 통속적인 세계만을 마냥 전시시키고 마는 것이다.

그렇다면 의미는 어떻게 만들어지는가. 주지하듯 김춘수는 「꽃」의 말미에 "너는 나에게 나는 너에게/ 잊혀지지 않는 하나의 의미가 되고 싶다"라는 구절을 "손짓이 되고 싶다"로 고친 바 있다. 이름을 불러 주기 전까지 "하나의 몸짓에 지나지 않았"던 너에게 내가 '의미'가 되고 싶다는 한정된 존재론을 노래했던 「꽃」은 "의미"를 "손짓"으로 대체하는 퇴고를 통해, 전혀 다른 국면에 놓이게 된다. 존재 이전의 정동 상태를 소환해 그것을 "손짓"이라는 시어로 상징하면서 김춘수는 비로소 무의미 시론에 천착하게 된 것이다. 이렇게 의미는 스스로 만들어지지 않는다. 단일한 존재만으로는 자아와 타자, 혹은 자아와 세계 사이에서 제 존재를 의미화할 수 없다. '나'라는 존재는 나와 다른 차이들로 세속화되면서 의미를 획득해 가는 것이다. 그런데 그런 '나'의 차이를 통해 구축된 유일함마저도 표준화된 준거로 규정된다면, 우리는 진정한 나를 찾아낼 방도가 없다.

계속해서 대안을 찾으며
가볍게 지나치며

사람을 믿는 어리석음을
인공 심장이 해결해 주었다

…(중략)…

우리들은 전기 버스를 타고
잔물결처럼 반짝였다

광폭한 태양의 방향을 따라
우주와 연결되기를
양분을 얻은 나뭇잎처럼

작고 어리지 않다는 것을

숲이 되지 않는 나무는 없는 것처럼
　　　　―「쏟아지는 빛 속에서 전기 버스를 타고」부분

참나무와 참참나무의 진실을 언덕과 언덕 사이에 묶어

…(중략)…

거짓나무와 쉬쉬나무는 조용하게 묻어 두길 원했지

강자와 약자의 억울함을 다 들어 주는 정치는 없어
억울하다면 없는 길도 만들어야지
　　　　―「스카이워크를 지나가는 하룻강아지」부분

르네상스가 중세에서 인간 정신의 대전환 시대를 만들

었듯이, 우리는 또 다른 대전환의 시대를 앞두고 있는지도 모른다. 탈현대 담론이나 포스트 휴먼에 대한 논의를 하자는 것이 아니다. 이제 더는 맑스식의 인간 노동의 가치는 유효하지 않고, 인간과 인공지능이 경쟁하는 사회의 도래를 앞두고 있다. 아니 '지금 여기' 진행 중인지도 모른다. 그렇다. "기계는 장악하기를 좋아한다"(『매달린 사람』) 그리고 우리는 그 기계와 함께 살고 있다. 그런 가운데 "대안" 찾기에 몰두하더라도 그 대안마저도 "인공 심장"을 통해 사유해야만, 이 세계에 응전할 수 있는 대안이 될 것이다. 인간의 이성이나 감성으로 사유하기에는 너무 멀리 달아나 버린 인간성을 우리는 어떻게 회복해야만 할까. 물론 "숲이 되지 않는 나무는 없"고 작고 하찮은 우리들은 아직도 저마다 "우주와 연결되기"를 원하지만, 기술 혁신 사회에서 인간성이란 우리가 협의하지 않은 곳으로, 그렇게 또 알 수 없는 곳으로 떠밀려 나 버릴지도 모른다.

더 과격하게 말하자면, 이런 세계의 억압을 시인은 "어딘가에 소속된다는 것은 개새끼가 된다는 것"(『비주얼 버추얼』)이라고 발설하고, "바코드가 구원해 줄 것처럼"(『쓰리 샷』) 믿는 맹신을 비난하면서, 우리도 "인간을 찢고 인공으로"(『비주얼 버추얼』) 나아가자고 주창한다. 그러므로 "아무것도 안 보이는 것은 아무거나 말하면" 되고, 그렇게 "아무거나 말했으니 아무거나 되어 버"(『릴리 릴리』)리면 된다는 식의 의미 탈락은 당연한 것이다. 아무렇게 말해도, 아무 말이나 지껄여도 다 사라지는 하찮은 것일 뿐일 테니 말이다. 이런 막장을 보자는 태도가 최규리 시인의 시적 기표들이 분출되는 힘점이라 할 수 있다. 다시 말해, 그의 언어는 상징 조작된 언어이고 인공으로 구현된 자연에 가깝다. 이 시적 자아의 말놀이가 단순 풍자를 넘어 슬프게 읽히는 이유도 그런 연유에서다.

그 때문에 의미와 무의미 사이를 진자 운동하며 시인이 구사하는 언어 감각은 이 세계를 가득 채운 "명랑한 쓰레기들"(『생명체들』)과 함께 뒤엉키는 일이 빈번하다. 그러면서도 끝내 나는 "나를 소비하지 않"(『비:행 능력』)겠다는 다짐으로 종결된다. 양립할 수 없는 난처함이 최규리의 시에서는 하나의 시적 현상으로 드러나는 것이다. 감흥 없이, 물신주의와 거짓만이 난무하는 세계에서 시인은 "억울하다면 없는 길도 만들어" 보겠다는 의지를 표명하지만, 동시에 "가볍게 지나치며" 무의미들을 양산하고 있는 것이다.

액체성과 리좀적 상상력

그렇다면 무엇이 진짜 대안이 될 수 있을까. 이제 발트 3국의 '인간 사슬'에서의 손에 손을 맞잡던 비폭력의 희망으로 다시 돌아가 보자. 축제의 언어가 가능해지려면 전복만이 전부가 아니다. 인간이 긴 띠를 이루는 것은 하나의 '액체성', '물성'으로 돌아가는 행위의 상징이 아니었을까. 여기서 액체성이란 "절대 기준이 없는 삶"(『액체들』)을 명시하는 것이다. "날아오르는 물이 되어 투명하고 말랑한 단 하

나의 세포였을 때로"("단 하나의 세포였을 때로」) 돌아가는 '인간
성'에서 '물의 속성'을 찾는 일이다. "물은 기억력이 좋았다/
오로지 흡수하는 것으로/ 다른 물질이 되어 가는 물의 신속
함"을 우리가 깨달을 수 있다면, 낭자한 세계의 상처 또한
그런 물성이 "회복해"("발포 비타민을 떨어뜨린다」) 주지 않을까.
"흰빛이 진짜 흰빛이기를"("우리 눈 속의 투명한 수정체」) 알게 하
면서 진짜와 가짜를 구분해 주는 준거를 그 액체성이 만들
어 주지는 않을까.

　　비가 쏟아진다. 이름들이 쏟아진다. 밟힌다. 얼굴 없는
사람들. 사라지는 사람들. 우연히 사람이 된 사람들이 필연
적으로 살아가려고. 그것의 뒷모습에 직면했을 때, 그것은
사라지고 만다. 사라지는 것 사이 사라질 슬픔은 비구름이
되어 걸어가네. 그것은 원래부터 없었는데 있다고 믿는 감
각으로 내내 피로하다. 관념적인 것과 감각적인 것의 차이는
만져지지 않는 구름과 보이는 구름의 차이. 관념적이지 않
은 것이 뭐가 있다고. 빗방울이 떨어지는 것도 얼마나 관념
적인가. 무한히 빼앗기고 좌절당하는 이름들. 하늘에서 이
름들이 떨어진다. 지붕 위에. 손바닥 위로. 의연하게. 땅바
닥으로 무난히 착지한다. 침입자로부터 그것은 아무것도 없
는 것이 되었으나 언제나 있는 것처럼 마구 짓밟혔고. 그것
은 그것이라고 명명되지 못하고 그것이 되어야 하는 운명.
재앙의 껍질처럼 뒹굴지. 탄생의 비밀은 빗방울의 단면처럼
은밀하게 산발적으로. 약속되었던 질서 앞에서 간곡히 엎드

려야 돼. 유령처럼 가만히 있어야지. 비가 쏟아지는 날은 유령들도 자유롭지 않지. 비 맞은 유령은 폼 나지 않으니까 거주지를 소유하려는 세상이니까. 밟히지 않으려고. 흙탕물이 되지 않으려고. 투명한 표정으로 강물이 되기까지. 필요하지 않아도 바람이 분다. 우연히 그것이 되어 필연적으로 없음을 유지해야 돼. 아무 뜻 없는 것들이 뜻이 되는 순간을 위해. 이름을 찾아서. 최초의 지시어를 찾아서. 꽃이 되려고. 우연히 꽃잎이 되어 빗방울을 삼키려고. 여백을 기다리네. 빗방울은 너무 많아서. 아주 많아서. 아주 많은 것은 아무것도 없는 것이어서.

—「비인칭」 전문

인용 시는 최규리의 이번 시집의 시적 경향을 집약적으로 응축하고 있는 가편이다. 비가 내리는 상황을 시적 자아는 "하늘에서 이름들이 떨어진다"고 인지한다. 왜 하필 그 수많은 물의 군집을 이름이 없는 상태로 인지했던 것일까. 여기서 물은 "얼굴 없는 사람들"의 변형된 기표이자, "원래부터 없었는데 있다고 믿는 감각", "관념적인 것과 감각적인 것의 차이", "무한히 빼앗기고 좌절당하는 이름들", "우연히 사람이 된 사람들"의 필연적 삶의 연쇄된 의미 조작이기도 하다.

분명 형체가 보이지만 만져지지 않는 구름처럼, 이름과 존재를 지운 "유령처럼" 우리의 삶의 양식도 있으되 없는 존재로 살아간다. 아니, 살아 있지만 죽어 있는 존재로 이 세계를 횡단하고 있다. 곧 무명이 되어 추락할 수증기의 군집들은 "침입자로부터 그것은 아무것도 없는 것이 되었으나 언제나 있는 것처럼 마구 짓밟"히는 속성을 가짐과 동시에, "흙탕물이 되지 않으려고" 때때로 비천해지기도 하고, "투명한 표정으로 강물이 되기까지" 주어진 삶에 최선을 다하는 일에 몰두하기도 한다. 수증기와 액체를 오가며, "약속되었던 질서 앞에서 간곡히 엎드"리면서 사는 것이, 잘 살아내는 삶이라 배워 왔다. 그러다 다시 "강물"로 흐르고, 다시 "구름"으로 상승하는 과정을 통해 본성이나 형태가 사라져가도, 그것은 끝내 사라지지 않는 것이라고 믿어 왔다. 이렇게 기체였다가 액체가 되어 추락하고 강물이 되어 연대하는 물의 속성은 이름 없이 사는 민중들의 작은 발악처럼 읽히는 관행이 있다. 하지만 물의 순환 과정을 상상해 보면 "재앙의 껍질처럼 뒹"구는 일도, 지금 다만 괴로운 질곡의 한때("사라지는 것 사이 사라질 슬픔")일 뿐이다. 즉 어차피 이름 없이 살아가는 존재들은 대체로 "폼 나지 않"고, "무한히 빼앗기고 좌절당"하며, 또 이름 없이 사라져 간다.

이러한 물의 존재론은 앞서 살핀 바와 같이 이 시집에 실린 다수의 시편에서 반복적으로 드러나는 현실 인식이다. 예컨대 이념 시대에 시편들이 이런 시적 정황을 구축했다면, 여기서 물의 속성은 점차 깨어나고 있는 민중들의 시민의식의 은유 정도로 읽혔을 것이다. 액체성과 비인칭적 징후도 물의 연대감이나 강물의 역사성과 같이 민중적 기표로 격상되고, 그러한 전망이 지금 여기 우리에게 필요하다는 맥락으로 해석되었을 것이다. 즉 계몽성이 더 강조되었을 것이다. 그러나 최규리는 그런 상징 기표들을 적절히 내재하는 가운데, 뿌리를 두지 않는 물의 리좀적 상태(들뢰즈·가타리)에 주목하며, '액체성-되기'에 몰입한다. 다시 말해 "아무 뜻 없는 것들이 뜻이 되는 순간"만큼이나 "아주 많은 것은 아무것도 없는 것"이자 "우연히 그것이 되어 필연적으로 없음을 유지"하는 리좀적 상상력이 이 세계를 횡단하는 진정한 '다원론적 공생 구도'라 전망하고 있는 것이다. 그 때문에 최규리는 "최초의 지시어를 찾아서" 존재의 시원을 되묻는 질문에도 단지 물이 꽃의 양분이 되려고 구름에서 비로, 비에서 강물로, 그리고 다시 구름으로, 이 같은 고행을 거쳐 왔다고만 생각하지 않는다. 물이 종국에 조력하고 있었던 것은 무의미한 것이거나 우연의 결과였을 뿐이다. 즉 이 시편은 꽃이 "꽃이 되려고" 하는 존재론적 호명에 집착했던 것이 아니라, 물이 "우연히 꽃잎이 되"는 순간처럼 '우연성'의 찰나에 천착한 시편이다. 그리고 그 우연을 만드는 리좀적 발산 상태가 이미 우리의 의식 세계에 깊숙이 침투해 있다는 것을 전망하고 싶었던 것이 시인의 궁극적 의도라 볼 수 있다. 그럼에도, 우연이라도 꽃의 희망을 버리지 않고, 액체성/연대성으로 이곳을 넘어서려고 하고 있으니, 이는 얼마나 아픈 자리에서 발생된 언어란 말인가.

> 무엇이든 열리는 순간을 기다리자
> 견디고 버틴 시간은 별이 되었으니
> 오래도록 희미했다고 없는 것은 아니듯이

당신 잘못이 아닙니다

…(중략)…

낮은 곳에 피었다고 이름이 없는 것은 아니듯이

먼 곳에서 온 꽃이다

밀어냈던 밤들은 오라

이제 흔들리지 않아도 향기는 얼마나 가까운지

—「온기의 발생」 부분

이 세계에 '온기의 발생'이 가능하다면, 그것은 "무엇이든 열리는 순간을 기다리"는 데에서 비롯된다. "희미했다고 없는 것은 아니듯이" 인간 세계가 이렇게 폭력적이고 절단되고 분산된 것 또한 우리의 "잘못이 아"니다. 그러니, 지금 한 순간만이라도 "공기 중에 떠도는 수증기처럼/ 건조한 세상을 축축하게 하는 착한 미래가"(「액체 인간의 텍스트」) 되자는 제안이 이 시집에는 가라앉아 있다.

그렇게 "흘러 다니는 동안 문제가 발생"(「방탈출 게임」)할지라도, 우선은 그 우연을 믿어 보자. 뿌리 없이, 리좀으로 세계에 항거해 보자. 그렇다면 당신 또한 누군가에게 우연히 "먼 곳에서 온 꽃"일 수 있을 것이다. "이제 흔들리지 않아도 향기는 얼마나 가까운지" 알게 될 수 있을 것이다. 우리는 그 '작은 구원'을 믿는다.